文史小丛书

诗志四论

林岗　著

中国出版集团
東方出版中心

图书在版编目(CIP)数据

诗志四论 / 林岗著. —上海 : 东方出版中心，2019.10

ISBN 978-7-5473-1542-2

Ⅰ. ①诗… Ⅱ. ①林… Ⅲ. ①诗歌评论—中国—文集 Ⅳ. ①I207.22-53

中国版本图书馆CIP数据核字（2019）第203389号

诗志四论

出版发行：东方出版中心
地　　址：上海市仙霞路345号
电　　话：（021）62417400
邮政编码：200336
印　　刷：山东鸿君杰文化发展有限公司
开　　本：787mm × 1092mm　1/32
字　　数：85千字
印　　张：6
版　　次：2019年10月第1版第1次印刷
ISBN　978-7-5473-1542-2
定　　价：35.00元

目 录

论赋诗

赋诗有两种含义，一是指创作诗篇，二是指风诵古诗。[1]本文所讨论的赋诗，指的是后者。先秦文献涉及赋诗的场合，多数称“赋”，但少数场合也称“歌”或“诵”。[2]赋诗、歌诗和诵诗在这个时候都是同一个意思：以某种我们今天已经不熟悉和与口头对白有别的音调和节奏，依据乐谱或不依据乐谱，

---

1 杨伯峻：《春秋左传注》。隐公三年注：“‘赋’有二义，郑玄曰‘赋者或造篇，或诵古’，是也。”（中华书局，1990年版）

2 例如《左传》襄公四年，“工歌文王之三”；襄公二十九年，“使工为之歌《周南》《召南》”；襄公二十八年，“使工为之诵《茅鸱》”；襄公三十一年，“与人诵之”等。据杨伯峻《春秋左传注》襄公十四年注，诵与歌或有不同，歌依乐谱，而诵不依乐谱，仅有抑扬顿挫而已。我们讨论赋诗，注重的是古人用诗的语境，以及用诗的共性，其间细微差别，当可以忽略。

类似后人诗吟诵那样有节奏地风诵流传的古诗。[1]而这正是班固说的："古者诸侯卿大夫交接邻国，以微言相感，常揖让之时，必称诗以谕其志。盖以别贤不肖而观盛衰焉。"[2]根据早期可信的历史文献《春秋左传》和先秦诸子的篇籍以及杂史《国语》等记载，春秋时期（公元前722—公元前479年）诸侯国的上层社会，在会盟、朝聘、宴飨等场合曾广泛存在赋诗的风气。公卿贵族所赋之诗绝大部分仍可见于相传为孔子删定的《诗经》"三百篇"，仅有少数今本《诗经》不传。[3]赋诗风气形成的具体时间虽不可考订，但却盛行于春秋之世，战国之世则衰竭不

1 顾颉刚和朱自清对赋诗的看法可以参考。顾颉刚说："赋诗是交换情意的一件事。他们在宴会中各人拣了一首合意的乐诗叫乐工唱，使得自己对于对方的情意在诗里表出，对方也是这等的回答。"（《诗经在春秋战国间的地位》，《古史辨》第三册第328页，上海古籍出版社，1982年版）朱自清说："春秋时通行赋诗。在外交的宴会里，各国史臣往往得点一篇诗或几篇诗叫乐工唱。这很像现在的请客点戏，不同处是所点的诗句必加上政治的意味。"（《经典常谈〈诗经〉第四》，见《朱自清古典文学论文集》下册第627页，上海古籍出版社，1981年版）

2 见班固《汉书·艺文志》。

3 《左传》中记所赋的诗，少数篇目不见于今本《诗经》。例如僖公二十三年公子重耳所赋之《河水》、襄公二十六年国子所赋之《辔之柔矣》、襄公二十八年穆子所诵之《茅鸱》等，均不见于今本《诗经》。

可复见。即使今本《诗经》为孔子删削、整理和编订，但在这之前就已经存在一些与“三百篇”篇目大致相近的流传文本。公卿士大夫只有将诗的文本烂熟于心，达到出口成章的程度，才能运用自如，所赋得体。由于年代久远，我们对赋诗这种公卿士大夫当年必备的人生教养和社交风气已经相当陌生，尤其是赋诗的风习与《诗经》作为神圣文本地位之间的关系理解不多。本文根据历史文献，对公卿士大夫赋诗的风气略加考订，论述其含义，梳理其起始衰落及其前因后果，以为理解传统诗学的根本命题——诗言志——增一助益。

一

赋诗最早见于记载是在鲁僖公二十三年（公元前637年），但我们不能认为赋诗就是产生于这一年。杨伯峻的看法是有道理的，他说，赋诗“始于此，非前此无赋《诗》者，盖不足记也”。[1]由于某

1 杨伯峻：《春秋左传注》，僖公二十三年注，中华书局，1990年版。

种不清楚的原因，更早的记载没有留下来，于是现今没有办法窥见赋诗风气的最初形成。我们有理由相信，赋诗是非常古老的上层社会习俗，其古老的程度可能与《诗》的形成时代相伴随。“三百篇”中就有部分篇什是西周前期创编的，如《周颂》《豳风》的全部和《雅》及“二南”的一部分。[1]“三百篇”中可以指出最早实名的作者是周宣王（公元前828—公元前783年在位）时代的重臣尹吉甫，有充分的理由相信《大雅》里的《烝民》和《崧高》为他所作。[2]另《毛诗序》认为《大雅》的《韩奕》和《江汉》也是尹吉甫所作。《毛诗序》还提到《大雅·云汉》的作者为仍叔，周宣王时的大夫。可见贵族写诗抒情言志至少在公元前9世纪末期就已经存在，而不具实名的诗创编当比此出现更早。虽然未知那时是否存在赋诗的风气，但那些属于赞美祖先、神灵的篇什当然是用在祭祀仪式上唱诵的；而那些属于抒发情志的篇什在宴飨、欢庆的日子，也往往由主人或客人即席唱诵。祭祀仪式和节庆上的

1 此处采用章培恒、骆玉明主编《中国文学史》的看法，见该书上册第67页，上海文艺出版社，1997年版。

2 两诗最后章均有“吉甫作诵”之句。

唱诵年复一年进行，就会形成风气习俗。随着西周封土建侯，遣赴各地的氏族公卿大夫们亦随之将这种风气习俗带到封赐的各诸侯国。作为一个可比较的例子，印度最早的短歌集《梨俱吠陀》或许对我们有所启示。《梨俱吠陀》最早的颂诗至少可以追溯到公元前四五千年前，到公元前1000年就已经形成现今传本的规模，共汇集有1 028首颂诗。颂体短歌的创编主要来自征服印度河流域的雅利安人的十大祭祀家族，这些颂体短歌都是在祭祀仪式上由主祭家族的祭司诵唱的。“雅利安人欲行祭祀，先按规矩修建一个祭坛，设三处祭火，并由四名祭司担当主要工作。一名是诵颂者，诵念诗文，诗句来自《梨俱吠陀》；一名是吟唱者，咏歌经文，歌曲来自《娑摩吠陀》；一名是行祭者，口中念念有词，诵着祭祀用语，语句来自《耶柔吠陀》，手上还不停地把酥油浇泼在祭火里；一名是指挥和监督者，默默喁着密语，让整个祭祀按规定进行，若有错误，即以咒语纠正，这密语和咒语来自《阿闼婆吠陀》。”[1]祭

1　见林太《〈梨俱吠陀〉精读》第56页，复旦大学出版社，2008年版。

祀仪式与颂体短歌关系异常密切，简直就是一体两面。仪式上的行为动作、道具运用是祭祀的形式，而颂体短歌诵唱的意蕴是祭祀的灵魂，两者合成，使得祭祀仪式有血有肉，成为一个完整的文化生命体。"三百篇"的年代上不及《梨俱吠陀》古老，但它们在古代世界的文化功能是没有太大差异的。《诗》与礼乐制度密不可分，它不是一个孤立的文学文本，它是礼乐制度的精神和灵魂。而礼乐制度则是《诗》生生不息的土壤。虽无直接的证据，但我们不难推想，诗在祭祀、宴飨、节庆等仪式上重复使用，当新的社会生活形式——公卿贵族的社交——演变出来的时候，诗顺理成章也要在这新的社会生活形式中使用，于是赋诗的风气习俗便应运而生。与《梨俱吠陀》始终由掌司神职的祭司垄断不同，"三百篇"中流传和贵族写出来的篇什，似乎经历了一个由相对局限的用诗场合如祭祀等逐渐走向更广大的贵族交际的场合。

我们今天已将"三百篇"看成是上古的民间风谣和祭祀乐歌。[1]其实古人以为"三百篇"兹事体

1　胡适的看法可以作为代表。胡说：认为"从前的（转下页）

大，所见与今人根本不同。如今《诗经》研究者逐渐认识到这一点："当时对《诗经》的看法与今天的把它作为文学作品是很不一样的。"[1]在古人眼里，《诗》是他们精神生活里的"神圣文本"。而任何"神圣文本"必然有一种公共生活形式与之相为配合，如同《旧约》之于犹太教、《新约》之于基督教、《古兰经》之于伊斯兰教。在古代中国，那当然就是礼乐制度之于《诗》和赋诗了。文本与公共生活形式之间的关系其实就是该文化的一体两面，两者难以分离。离开了《旧约》，就无法想象犹太教；同样离开了犹太教，《旧约》也就没有任何神圣性可言，《旧约》也就不成其为《旧约》了。没有《诗》，礼乐制度是难以想象的。文本以其叙述的故事、谱

（接上页）人把这部《诗经》都看得非常神圣，说它是一部经典，我们现在要打破这个观念；假如这个观念不能打破，《诗经》简直可以不研究了。因为《诗经》并不是一部圣经，确实是一部古代歌谣的总集。"（《谈谈诗经》，见《古史辨》第三册第577页，上海古籍出版社，1982年版）后来新编的文学史、诗歌史多持此类看法。如陆侃如、冯沅君以为《诗经》乃"民间男女所歌，公卿列士所献"。见《中国诗史》上册第12页，北京作家出版社，1956年版。

1 见章培恒、骆玉明主编《中国文学史》上册第65页，上海文艺出版社，1997年版。

系、箴言、教训支撑和规范了该公共生活形式，而一定的公共生活形式反过来赋予文本一种超乎其他任何文本的神圣地位。如果文本神圣至尊的地位由于社会的变化而备受挑战乃至动摇，则该公共生活形式也将随之式微。当我们要理解远古文本的神圣性的时候，必须同时考察与之相伴随的那种公共生活形式。例如，我们今天读《旧约》，认为其中无非是一些神话、部族谱系、部族的迁徙故事以及简单的道德训诫，但一个缺乏高深义理简直是卑之无甚高论的早期文本如何能够被视为“神圣文本”呢？离开犹太教解释不了这个问题。犹太教有把持宗教权威的神职人员，有一套贯彻其权威的社会体制，有一套支配教众精神和日常生活的仪式，它们共同奠定了《旧约》“神圣文本”的地位。只要犹太教能够延续，《旧约》的地位就无人能够动摇。由于《旧约》和犹太教的这种关系，前者和后者无疑是同时形成的。同样，今天读《诗经》以它为西周和诸侯国的祭祀乐歌以及民间风谣，这种“读法”很可能遮蔽了重要的历史事实。因为古人的观念与今人不同，已经形成的诗的文本占据着贵族之间交往和精神生活的核心地位，诗所叙述的故事、箴言和教诲代表了部族、宗族的集体记忆，它所表达的价值观也是社会生活的核心价值。离开了文本承载的这一切，贵族对全社会的权力支配便无法维持，礼乐制度也为之瓦解。《诗》和赋诗风气便是维系礼乐制度的精神支柱。因为赋诗，诗才如此这般地被神圣化；同样因为诗，赋诗才显示了它在社会生活中多方面和重要的意义。由这种我们对远古文化的认识，可以推知赋诗和诗一样，是在相近的历史时期中形成的。虽然赋诗出现在文献记载里，已经是“三百篇”形成时期的末端，但它的起源一定在更早的时期，将它定在西周，虽不精确，亦不至相差很远。

文献记载里的赋诗，集中在《左传》和《国语》，尤其以《左传》较为详尽。[1]古人赋诗，作为礼仪程式的一部分，所赋诗的长短并无一定之规；

---

1 《国语》通共记载有4回赋诗，远较《左传》简略，而且其中有3回又重见于《左传》。卷五《鲁语下》记晋侯享穆叔席间赋诗，见于《左传》襄公四年；又卷五《鲁语下》所记鲁叔孙赋《匏有苦叶》，见于《左传》襄公十四年；又卷十《晋语四》所记秦伯宴重耳而席间赋诗，见于《左传》僖公二十三年。只有卷五《鲁语下》记公父文伯之母赋《绿衣》之三章，《左传》无记载。

你来我答也可有多个回合。以《左传》为案例，以一个赋诗场合为单位，春秋时期赋诗之数通得33回，但是分布不甚均等。[1]襄公（公元前572—公元前542年在位）和昭公（公元前541—公元前510年在位）之世赋诗的记录最多，前者有16回，后者有9回。60余年之中占去了记录的大半。有学者以为春秋赋诗的高潮在襄公之世[2]，至少按照记载是正确的。昭公之后，春秋接近尾声。定公（公元前509—公元前495年在位）15年之中，仅得一见。而哀公（公元前494—公元前468年在位）二十七年之中，只有一次勉强可算的记录。[3]战国时期（公元

1 《左传》赋诗的统计如下：僖公之世1回；文公之世4回；成公之世1回；襄公之世16回；昭公之世9回；定公之世1回；哀公之世1回。钱穆有另一个统计："见于《左传》者，赋诗凡六十七次。始于僖公。僖一次，文九次，成二次。盛于襄、昭。襄二十九次，昭二十五次。而衰竭于定、哀。定一次，哀无。"（见《国史大纲》修订本上册第95页，北京商务印书馆，1996年版）统计的歧异可能由于标准不同。钱穆有时便以每人一赋为一次。笔者的统计则以赋诗场合为准，不论各人所赋多寡，均为一通。

2 张须：《论诗教》，原刊《国文月刊》第69期，转见《经典与解释》第八册，华夏出版社，2005年版。

3 《左传》哀公十一年，"将战，公孙夏命其徒歌《虞殡》"。据杨伯峻注，《虞殡》为送葬之挽歌。此处歌《虞殡》云云，当示其必死之决心。赋的场合，比之以往，已经大大不同了。

前479—公元前221年）衰微更甚，赋诗的风气从文献记载中彻底消失了。战国文献中只可看到公卿士大夫言对之中称引《诗》，但完全看不到正式社交赋诗了。虽然文献的记载有时并不等于实际的情形，但是种种迹象表明，定公之后赋诗的风气逐渐衰落。谈到赋诗的衰落，张须说，战国之时“若乃国际相与，但凭辞说，更无赋《诗》之事。魏文侯贤者，犹且厌闻古乐，则下焉者可知。礼崩乐坏，《诗》亦无用。昔也《诗》为贵族子弟所共习，朝聘宴享，《诗》以代言；今也布衣可取卿相，储能之事，但在揣摩形势而已。况乎骚、赋代兴，四言诗直无创作之事，夫唯不通，是以不习为”。[1]张须提出骚赋代兴也是赋诗风习衰落的原因，我觉得这一点可以存疑，因为两者分属不同的问题。骚赋代兴是从文体变化的角度观察的，它与流行于贵族上层社会风气的消失不是一回事。要是那种风气习俗能够继续维持，即便文体演变，骚赋代兴，则一面取《诗》而赋之，另一面取骚赋以抒情体物，两者并行

1 张须：《论诗教》，原刊《国文月刊》第69期，转见《经典与解释》第八册，华夏出版社，2005年版。

不悖，又有何不可？但是张说从制度变化观察赋诗风习的衰落，“礼崩乐坏，《诗》亦无用”，可谓一语中的。

春秋末期至战国之世，是自西周建立起来的封建贵族制度逐渐瓦解的时代。礼崩乐坏只是制度瓦解的表征，支配这个表征的实质是阶级的兴替。忠于封建制度传统信念的王侯公卿大权旁落，野心勃勃的霸主和为权力财富而奔走的策士篡夺了大权，登上了纵横捭阖的政治舞台。这后一种人的信念是政治的实用主义，待人处世只求其直接的功利，不复计较血缘身份的界限，更不将贵族社会的虚文增饰放在眼里。他们一来洗脱了封建贵族处事的繁文缛节，放下了“臭架子”；二来淡漠了贵族那种含蓄典雅的品位；三来在其成长的教育中，也根本缺乏需要长时间才能培养起来的贵族文化教养。这些生气勃勃的新兴阶级，对于赋诗由趣味的隔阂到实行的陌生，由实行的陌生到完全丢弃。换言之，赋诗作为风气习俗是不属于这个新兴阶级的，而历史的舞台逐渐为他们所把持；忠于传统，熟悉典章礼仪的封建贵族却退居到人生舞台的角落，赋诗的风习焉得不消亡？既然布衣可以取卿相，那现今身据卿相之位的昔日布衣，如何能够在庄重的公共场合再赋诗言志而得体呢？纵有情怀，怕也是心有余而力不足了。

在世风日下、诗礼荡然的环境里，即使赋诗，也只能流于表面而不能得赋诗的真义。《战国策·周策》记了一个"温人之周"的故事。那位自作聪明的温人，将玩笑开到了周天子的王城，周天子在他的眼里已经沦为了可笑的角色。故事讲一位温人到了周天子的王城，他想进去，守吏不许，问他是来客还是本城主人，他答曰主人。但该温人对王城的街巷毫无所知，显是来客，于是王城的守吏就把他抓起来了。周天子使人问他："既然不是周人，为什么还要冒充？"他回答说："臣少而诵《诗》，《诗》曰'普天之下，莫非王土；率土之滨，莫非王臣'。今周君天下，则我天子之臣，而又为我客哉？故曰'主人'。"[1]就算这位温人对着问者风诵这首《大雅·文王》里的诗句，但充其量只表现出一点儿幽默的机智罢了。温人说他少时诵《诗》，却竟然在这

1 这个故事又见于《韩非子·说林上》。

样的场合口诵，除了对问者开了一个居心不良的玩笑外，完全失去其典雅的教养。可见，战国之时赋诗的精神已经彻底沦亡了。赋诗是贵族制度、贵族文化的一部分，当制度瓦解、文化式微之时，赋诗的风气习俗是不可能继续存在下去的。正所谓皮之不存，毛将焉附？

二

如上所述，赋诗是流行于春秋时期居于社会上层的封建贵族在正式的社交场合的一种风气习俗。那个时代的封建贵族为何在正式的社交场合需要赋诗呢？换言之，诗在贵族的教养、社交之中具有什么样的地位？诗与贵族生活之间存在何种关系？要回答这些问题，我们必须至少暂时放弃今人“三百篇”是民间歌谣和祭祀乐歌的观念，而回到诗是贵族时代的“神圣文本”的看法上来。“六经”的观念虽然晚出，至《庄子》始见诸载籍[1]；然而赋诗风气的存在即可证明“三百篇”并非寻常之物，它在上

1　见《庄子·天运》。

古社会精神生活中的地位，远非今天的“文学”或“诗歌”在现今精神生活中的地位可比。它是贵族社会意识形态的核心，那个时代虽然没有“经”这样的称谓，但却拥有实际上“经”的地位，“经”的观念也是呼之欲出。《左传》僖公二十七年，“《诗》《书》，义之府也；礼、乐，德之则也”。礼乐作为符合德性的行为规范那时还没有其他解释性的文本存在，《诗》《书》则由于有文字书籍的记载而成为了经典文本。德义这样的抽象道德原则就是这样“藏身”于罕见而无价的珍贵文本之中。如要立身出世而成为仁人君子，则只有熟习《诗》《书》，践仁行义。而《诗》同《书》比，《诗》的地位尤在《书》之上。《书》在那个时代属于秘籍，而且行文乏韵，不便口耳传授，既不易得到，也难于在贵族青年教育中推广。诗有韵，上口容易，而且诉诸感性，便于传授，所以在文化积累的早期阶段，在文字载籍还是极度匮乏的奢侈品的时代，《诗》比之《书》更有广泛的适用性，取得更高的地位，是可以想见的。凡载籍中《诗》《书》并称之时，都是《诗》在《书》之前，显示《诗》的地位更为显赫。

贵族社会是一个权力和财富具有高度垄断性的社会，权力和财富极度不容易在社会的不同阶层中发生转移和流动。它存在一套机制，以堵塞、阻碍对于权力和财富已经造成垄断的侵夺和伤害。例如血统和出身就是这套机制最关键的组成部分。由于血统和出身容易辨认，而且无法混淆，它就成为了贵族社会的一道天然屏障，分割不同的社会阶层。又如，垄断文化资源，也是贵族社会维持其既有特权的一个重要机制。古代社会技术不够成熟，物质财富积累已经非常不易，在此基础上建立起来的文化资源，更是稀缺。贵族阶层通过垄断文字教育和文书，垄断特定“版本”典籍的传授和解释，维持贵族自己的“阶级意识”和“身份认同”，并以此作为一道文化的屏障，将其他阶层排除在外。无论中国还是外国，对于文化、象征资源的独占都是贵族社会的基本特征。贵族阶层既然垄断了社会的文化和象征资源，那些记载、表达这些文化和象征资源的典籍，便在社会中具有不同凡响的地位。只有贵族才能学习并熟习这些典籍，反过来熟习这些典籍也就成了贵族的教养和标志。正是在此意义上，我们才理解了孔子“不学《诗》，无以言”的话。[1]身为贵族而不懂得基本言谈应对的规范，何以行走于社会？何以与人酬酢交接？照此情形，岂不是简直如同无文的小人一般？是否熟习典籍，不仅是个人素质、教养问题那样简单，它还关系到贵族的整体利益，关系到贵族之所以为贵族的性命攸关之处。因为贵族社会对文化资源的垄断，形成了它对教养、象征资源和流传典籍不同一般的重视。

欧洲的中世纪也是一个贵族社会，表述其文化和象征资源最重要的载籍无疑就是《圣经》了。教士和贵族垄断了《圣经》的传授和解释，而对《圣经》的熟悉也就成了贵族教养的标志。对于中世纪的教士和贵族来说，那是他们不学《圣经》无以言的时代；反过来学了《圣经》，或许就可以横行了。14世纪中期，欧洲社会出现一种测试方法，让法庭判决被告到底有罪还是无罪。其方法是主教派出的代表拿出一段诗让犯人读，这段诗通常是《圣经·诗篇》第五十一篇的第一节："神啊！求你按你的慈爱怜恤我，按你丰盛的慈悲涂

1 见《论语·季氏》。

抹我的过错。”判官根据里面一个动词的用法来判断是否获罪。如果不懂得该词的正确用法，则证明“没有教养”，后果可能是死刑；如果能正确无误地读出，则证明是一个“有教养的人”，会被送回教会，而教会没有死刑。如此说来，“文学可能将一个人从坟墓里救回来”。[1]只有垄断文化和象征资源的贵族社会，才可能出现如此运用“神圣文本”的习惯。这个例子可能极端，然而但凡贵族社会，无论中外，对被视为神圣文本的典籍的熟悉程度，的确构成是否真正贵族的判断标准。

《诗》是先秦贵族社会的神圣典籍。它不仅是这个社会的道德原则、价值观念和行为操守的意义来源，而且贵族在其公共性的交往当中，需要借助这权威性的载籍表明自己的身份、教养和意图。赋诗就是这种语境的集中表现。每一个赋诗的场合，一方面是“赋诗言志”，另一方面是“闻诗观志”。言者和观者在一轮或多轮的礼仪应对中互动，构成一

1　见斯蒂芬·格林布拉特《什么是文学史》，刊《批评探索》（*Critical Inquiry*），1997年，第23期，第460—481页。

个完整的赋诗仪式，达到测试彼此教养程度和实现贵族认同的目的。言者和观者的身份、教养和意图在这一套仪式进行的过程中表露无遗，参与者亦据此作出自己的判断。无论言者还是观者，假如他们的赋诗和应对不符合其身份和教养，不能恰如其分地传达其意图，就会被视为缺乏教养和严重的冒犯，赋诗而不得体甚至会引来非常严重的后果。

鲁僖公二十三年（公元前637年），晋公子重耳一路颠沛流离到了秦国。据刚完成释读的出土清华简第七批文献的记载[1]，重耳一行到秦国三年秦穆公都没有理会他们，没有与之见面，只是收留了他们，或者与此时晋国的另一位公子即公子圉也在秦国有关。秦穆公要暗中观察，看把注下在哪位公子身上更合算。至少重耳一行刚到秦国之时，秦穆公认为公子圉更有前途而故意保持与重耳的距离。只有在公子圉不辞而别返回晋国之后，秦穆公才关注到重耳。在公子圉不辞而别之后秦穆公将原来嫁给公子圉的女儿怀嬴再赐嫁给

1　见清华简第七批释读文献。

重耳，而重耳与公子圉有叔侄之亲。秦穆公此举大犯中原叔嫂避忌的礼制，故重耳内心窝火，不想接受秦穆公此番“好意”。随从家臣劝他为了复国大业，即使屈辱也要承受。也许是因为心有不甘，不能释怀吧，重耳在婚仪上一把推开怀嬴递过来洗脸用的匜。重耳的失礼激怒了怀嬴。怀嬴好歹也是公主，她震怒责问：“秦、晋匹也，何以卑我？”吓得重耳“降服而囚”。[1]由此拉开了一出赋诗言志和观志的精彩大戏。

秦穆公为了平息事态，笼络公子，事后以招待国君的规格宴享重耳。宴享之间，他们两人相互赋诗，表达心迹。[2]重耳颠沛流离19年，文化教养当有欠缺。事前为了做得更加得体，重耳的舅氏子犯推荐家臣赵衰跟从。可以推测，重耳在宴享上所赋之诗，当是赵衰提点。穆公先赋

1 见《左传》僖公二十三年。

2 《左传》和《国语》都记载了这次宴享赋诗。《国语·晋语》的记载比《左传》僖公二十三年详细。《左传》有的，《国语》都有；而《国语》有的，《左传》就未有记录。《左传》记此次赋诗，只有一个回合，而《国语》则有两个半回合。此处采用《国语》的说法。叙述中的引文，均见《国语·晋语》。

《采菽》。[1]《采菽》见于《诗经·小雅》。秦穆公取其首章："采菽采菽，筐之筥之。君子来朝，何锡予之？虽无予之，路车乘马。又何予之？玄衮及黼。"穆公的意思很明显。首先欢迎重耳的到来，暗示他妻重耳以秦女，完全是一片好意；其次希望公子不要误解，怀嬴就是他献给重耳的"玄衮及黼"。而重耳赋《黍苗》作答。《小雅·黍苗》的首章有云："芃芃黍苗，阴雨膏之。悠悠南行，召伯劳之。"重耳将自己比作黍苗，将穆公比作阴雨；晋之待秦，犹如黍苗之待阴雨。有了雨水的滋润，黍苗才能茁壮成长，暗喻有了秦国的援手，重耳一行才能复辟当国。通过赋《黍苗》，表达自己完全谦卑地接受对方嘉惠，包括当初视为耻辱的妻女怀嬴。嫌隙既解，秦穆公再赋《鸠飞》。《鸠飞》，韦昭注谓即《小雅·小宛》。其首章曰："宛彼鸣鸠，翰飞戾天。我心忧伤，念昔先人。明发不寐，有怀二人。"韦注云："言己念晋先君洎穆姬不寐，以思安集晋之君

1 按春秋时期赋诗的惯例，如只说赋某篇，不提某篇之某章，多指首章。《春秋左传正义》卷十五杜注云："古者礼会，因古诗以见意，故言赋诗断章也。其全称诗篇者，多取首章之义也。"又见杨伯峻：《春秋左传注》，文公十三年注云："《传》言赋诗某篇，不言某章，皆指首章。"（中华书局，1990年版）

臣也。”[1]穆公赋诗表明自己为过去以及现在的晋室担忧，实在出于一片善意。重耳再赋《河水》。《诗经》无《河水》一篇。韦昭以为："河当作沔，字相似误也。"[2]按其意即《小雅·沔水》，其首章有句："沔彼流水，朝宗于海。"重耳以河自喻，而以海喻秦。意谓自己如能在秦支助下复位当国，就一定不忘旧恩，当朝事秦。心志既明，穆公再赋《六月》。《小雅·六月》叙述吉甫佐宣王征伐，复兴文、武之业。《六月》的首章有云："王于出征，以匡王国。"其二章云："王于出征，以佐天子。"穆公在这里已把重耳当成国君，意谓重耳当国，必霸诸侯，匡佐天子平定四方。一介流亡公子，获得如此敬重，那真是受宠若惊。穆公赋毕，随从赵衰马上提醒这位疏于教养的公子："重耳拜赐！"幸而重耳有从善如流之德，马上降阶，拜伏，稽首。一场繁复的赋诗仪式圆满完成。赋诗中对诗的解释另当别论，双方的戒备、误解和不信任，通过一场温文尔雅的赋诗活动，借助一个贵族圈子之内共同认可的

1 见韦昭注《国语·晋语》卷十第129页，商务印书馆，1958年版。

2 同上注。

神圣文本，娴熟地运用其中的语句，委婉地传达自己的意图，含蓄地应答对方的意思，把意图的交流寓于感情的交流之中。虽然繁琐，但亦正因为这种繁琐才婉曲有致。赋诗的过程不但是情志交流的过程，而且也是展现自己的教养、欣赏对方的教养的过程。

赋诗言志只是借古人之诗句表达赋者此时此刻的情志，但此时此刻的此情此景却是千变万化的。故赋诗并非都是温文尔雅的对答，完全可能在赋诗的同时暗藏杀机。襄公十四年（公元前559年）卫献公与本国公卿孙文子、甯惠子的长期怨怼因一小事而爆发。卫献公邀约两人共食，两人整装赴宴，而卫献公似乎心里没有这件事儿。他那天不但“射鸿于囿”，而且见了孙文子和甯惠子“不释皮冠而与之言”。这种失礼的行为在那个时代被认为是很轻蔑对方的无礼行为。于是两人发怒，孙文子避地去了自己的采邑——一个叫戚的地方，而他的儿子孙蒯却入朝请命。卫献公与他饮酒，并使大师歌《小雅·巧言》的卒章。大师知道这会传递一个非常不祥的信号，促使孙文子走向叛乱，故而推托不歌。这时另一位乐人师曹却挺身而出。原来卫献公曾让师曹教他的嬖妾弹琴，不知为何师曹鞭打了这位嬖妾，惹得献公暴怒，献公打了师曹三百鞭。师曹当然怀恨在心。卫献公的这个“风雅”之举正好被师曹利用，挑起诸侯与公卿之间的恶斗。《巧言》卒章：“彼何人斯，居河之麋。无拳无勇，职为乱阶。”孙文子避地于戚，而诗句“居河之麋”的“彼何人”一定是直指孙文子。卫献公借诗句表达了对孙文子的厌恶与轻贱。怪不得孙蒯将此事告诉孙文子后，孙文子说：“君忌我矣，弗先，必死。”若不先发制人，必被置于死地。果然孙文子随后领兵攻打卫献公所住的丘宫，杀死群公子，卫献公出奔齐国。一般来说，赋诗体现的是公卿贵族正面的教养，但同时也不排除所赋之诗可以作为投枪和匕首来使用。以诗句作为教养与以诗句作为武器事实上矛盾并没有那么大。

春秋时代赋诗而得体是贵族一项基本的教养。如果身为贵族而不具备这种教养，就会被贵族圈子所不耻。襄公二十七年（公元前546年）齐国的公卿庆封来到鲁国，他服饰、车马的规格超越了他的身份，显示庆封是一个粗鲁不文、缺乏教养的贵族。鲁国公卿叔孙豹宴请庆封，席间庆封对主人表示不敬。叔孙豹便即席对他赋《相鼠》。《国风·相鼠》的首章是："相鼠有皮，人而无仪！人而无仪，不死何为？"叔孙豹的意思非常明白，借赋《相鼠》表达对庆封无礼行为的愤怒。这比即场发作虽然更有节制，但由于诗意直白，也算是够严厉的谴责了。可是庆封这位贵族的纨绔居然"亦不知也"。[1]过了一年，庆封败于齐国内乱，奔来鲁国。叔孙穆子宴请他，他又是不懂礼节。穆子不高兴，"使工为之诵《茅鸱》"。这首诗今逸，遗憾不能考知其意。但可以猜测，去年赋《相鼠》，今年诵《茅鸱》，其程度应该不止谴责，甚至是诅咒了。有意思的是这位粗鲁的庆封，居然还是"不知"。[2]

赋诗广泛应用于各种社交的场合，例如会盟、朝聘、宴享等，但什么场合赋诗，什么场合不赋诗，似乎看不到严格的区别。并不是所有的

1 事见《左传》襄公二十七年。

2 事见《左传》襄公二十八年。

会盟、朝聘和宴享都要赋诗。这或许是历史记录的不完全而给我们留下了遗憾，但仔细研究过赋诗的文献记录后，大体上可以看出存在两种情形的赋诗。一种是没有什么实用目的的赋诗，例如国与国之间的敦睦友谊，巩固邦交；君臣之间的情感交流；公卿之间的欢宴等。如果是这种情形的赋诗，贵族的自我表现、炫耀、情感流露和展示其教养就占有特别重要的位置。还有另外一种有实用目的的赋诗，不单是为了交流感情，也意在劝说对方接受己方的想法。这种情形的赋诗多出现在外交的场合。如襄公十六年（公元前557年），鲁国的穆叔如晋聘，因为齐伐鲁而请晋出兵救鲁。穆叔所赋之诗，皆寓敦请解救之意。又如襄公二十六年（公元前547年），齐侯、郑伯为了解救被晋俘虏的卫侯而到晋国，晋侯宴享他们，席间赋诗，晋侯本为欢乐，但齐、郑所赋之诗皆表宽仁体恤、敬畏人言之意。晋侯也就顺从他们的美意，释放了卫侯。当然，赋诗之存实用目的与不存实用目的，有时并不能截然划分。一个敦睦情谊的赋诗仪式，亦可能隐蔽着不能一下子就看到的实用性。

三

赋诗其实是一种对“三百篇”特别的解释活动，虽然它的产生远在任何通常意义的《诗经》文本解释之前，但我们有充分理由把赋诗看作尚在萌芽阶段的文本解释活动。第一，赋诗建立在一个共同的文本《诗》之上，离开了《诗》，也就没有什么赋诗了。第二，赋诗是通过对诗篇、诗句的运用，传达赋诗者的某种意图。正是这种诗篇与赋诗者意图的联系，让我们可以把赋诗看成对文本的特殊解释。与通常的文本解释活动不同，赋诗似乎存在两个中心，一方是文本，另一方是包括赋诗者在内的赋诗时的具体语境。两者对构成赋诗都有同等的重要性。而通常的文本解释只有一个中心，那就是文本。无论人们怎样看待解释者的角色，其作用也只有围绕着文本才能体现出来。

既然赋诗是贵族圈子的社交活动，意图和情感的交流就必然是这种活动的主旨。假如我们将“赋诗言志”分解，那么“赋诗”是一方，而“言志”是另一方；“赋诗”是一种仪式，而“言志”才是它的目的和实质。“言志”离不开“赋诗”；离开了《诗》，志无所依附，不可得见于他人。而“赋诗”不为别的，正是为了“言志”，通过“赋诗”将赋诗者之“志”宣达于他人。在“赋诗言志”的整体中，赋诗者所言之志虽然联系到诗篇和诗句，但究其实，诗篇和诗句只是被借用，赋诗者的落脚点在于宣达自我之志。我们切不可将赋诗者之志当成是诗篇和诗句的“本志”。完全有可能出现这种情况：赋诗者之志与所赋之诗篇诗句之“本志”存在较大的距离，甚至风马牛不相及。这种情形是被允许的，也正因为两者的距离，才产生“观志”的问题。“言志”的是赋诗者，但这个志又不是直接说出来的，是通过一定的文本，观志者要透过赋诗者、诗篇诗句和语境三者错综复杂的关系，才能理解到赋诗者所宣达的是什么志。

襄公二十七年（公元前546年）郑伯设宴款待路过的晋国公卿赵孟，郑国的公卿大夫子展、伯有、子西、子产、子大叔、二子石七人陪席。赵孟提议他们席间赋诗，因为七人愿意陪席，自己也有荣宠，所以喜庆必有诗助，以完成郑伯的美意，“武（即赵孟——引注）亦以观七子之志”。子展赋了《草虫》。

《国风·草虫》首章有句："未见君子，忧心忡忡。亦既见止，亦既观止，我心则降。"子展所赋，以忧国为怀，以赵孟为君子，表示欢迎他的到来。赵孟一面自谦，一面赞扬子展："善哉！民之主也。"子西赋了《黍苗》之四章。《小雅·黍苗》之四章云："肃肃谢功，召伯营之。列列征师，召伯成之。"子西将赵孟比作召伯，赞美他对晋国的功劳。赵孟谦答曰："寡君在，武何能焉？"子产赋了《隰桑》。《小雅·隰桑》首章有句云："既见君子，其乐如何？"子产所赋，也是赞美赵孟的意思。赵孟自谦，对曰："武请受其卒章。"《隰桑》最后的一章是："心乎爱矣，遐不谓矣。中心藏之，何日忘之？"自谓不忘对方美意的意思。这一细节表现出赵孟娴熟而优雅的诗的教养。同一首诗，子产赋首章赞美赵孟，而赵孟返赋卒章，宣示不忘情谊之志。赵孟的诗教养真是熟练到信手拈来的程度，故而其运用出神入化而又机智。子大叔赋《郑风·野有蔓草》，其首章曰："野有蔓草，零落漙兮。有美一人，清扬婉兮。邂逅相遇，适我愿兮。"子大叔以风月之情喻彼此关系，赵孟或以为嫌涉轻浮，但亦不愿拂逆对方的美意，故答道："吾子之惠也。"二子石即印段与公孙段两人。前者赋《唐风·蟋蟀》，其首章曰："蟋蟀在堂，岁聿其莫。今我不乐，日月其除。"诗作者勤勉家室，由物候变迁而思持盈保泰之道。二章有"好乐无荒"之句。故赵孟赞曰："善哉！宝家之主也，吾有望矣。"公孙段赋《小雅·桑扈》，其首章曰："交交桑扈，有莺其羽。君子乐胥，受天之祐。"《桑扈》本身就是一首宴飨诗，公孙段借此表达彼此祝福之意，赵孟也完全欣赏其美意。这六人所赋，难易有不同，才情也有别，但都可以说得体。唯独伯有赋诗，别出一格。他赋了《鄘风·鹑之奔奔》。这首短诗只有八句："鹑之奔奔，鹊之强强。人之无良，我以为兄。鹊之强强，鹑之奔奔。人之无良，我以为君。"《小序》以为这首短诗是讽刺卫宣姜与其子淫乱而作，而其中的要句是"人之无良，我以为君"。他在这个欢宴的场合赋此诗，或者是拿郑伯开个玩笑，娱乐远宾；或者曲折表达不满的怨言。无论如何，他的赋诗都与这个场景非常不配。所以，赵孟听了就说："床笫之言不逾阈，况在野乎？非使人之所得闻也。"意思是说，即使郑伯是淫乱的国君，这种"床笫之言"也不是在宴飨宾客的场合应该说出来的。七人赋诗，六人都是中规中矩，只有伯有一人玩笑开得太大了，又或者借机泄愤，外扬家丑。[1]

根据赋诗观志的惯例，赵孟事后感叹："伯有将为戮矣。诗以言志，志诬其上而公怨之，以为荣宾，其能久乎？"这句话的"诗"字，应该理解为动词，赋诗的意思。这应该是文献中"诗言志"命题的本义，说的是赋诗者借所赋之诗言其志，即赋诗以言志。它后来才演变为对诗文本的一种解释，由赋者之志变而为诗之志。[2]此是后话，不赘。在赵孟看来，不论伯有的动机如何，通过赋《鹑之奔奔》让人看出了他身上的"邪志"：在贵宾面前取笑自家君主，不但君主怨怒，其他公卿也失了体面。这种"诬上"之志，一定会为自己招来灾祸。由此可见，赋诗言志，一面是赋诗，一种优雅而训练有素的仪

---

1 事见《左传》襄公二十八年。为了说明问题的方便，举例中稍微调整了各人赋诗的先后。伯有是第二个赋诗的，此处把他放在最后。

2 朱自清最早意识到"诗以言志"与"诗言志"这两个命题的先后关联，但他未有确言。"诗言志"出自《尚书·尧典》。朱从顾颉刚的考证，以《尧典》为战国文献，时间上晚于《左传》。他说："'诗言志'这句话也许从'诗以言志'那句话来，但也许彼此是独立的。"《诗言志辨》，见《朱自清古典文学论文集》上册第193页，上海古籍出版社，1981年版。

式；另一面是言志，贵族圈子社交中的传情达意。赋诗，仅仅是借用诗篇诗句中的意象、比喻，将它们嫁接到一个具体的社交场景中。由于语境完全脱离了诗文本的上下文，其意象和比喻在完全不同的社交场景里就获得了新的意义。这新的意义应该被视为赋诗者表达的意义，而不是诗文本自身的意义。当然，我们亦不应该忘记另一面，以为《诗》在赋诗仪式中无关紧要。《诗》在赋诗中的重要性不是体现在对诗篇本义的跟从，而是体现在《诗》作为一个整体的权威性。它被视为凌驾于其他文本之上，并且作为高贵的社交仪式中的渠道，通达参与者的内心世界。

赋诗是为了社交，参与者的言志和观志处在优先的地位。赋诗仪式中贵族优雅的表演和教养的炫耀是服务于意图表达与交流的，因为“言志”的需要而产生了对诗篇随意的剪裁。这就是“断章取义”的习惯，它当时并无日后的贬义，只是由于赋诗需要断章的习惯。《左传》襄公二十八年，卢蒲癸曰：“赋诗断章，余取所求焉。”由此我们可以断定，断章取义当起源于赋诗的风习。那时候断章取义不但无贬义，相反它是一种高级的技巧，一种贵族可以炫耀于同类的本领。因为断章取义终究还是存在一个得体与不得体的问题。要做到赋诗恰到好处，则要求对《诗》的文本烂熟于心，对赋诗场合的氛围、相互间的利害关系有准确的判断，才能恰当剪裁，随口而出，达到辞惊四座的目的。可以毫不夸张地说，得体的断章取义代表了贵族优雅的教养。如果对《诗》的文本不能烂熟于心，而竟然不能应对，那就被视为不但缺乏教养，也是无礼了。总而言之，赋诗为《诗》的解释留下了两笔遗产：其一是“言志”和“观志”的命题；其二是断章取义式地运用文本。这两笔遗产随着社会的演变，在其后的世代里，衍生出了新的意义。

四

我们知道，正是由于赋诗活动，诗与志产生了关联，但问题是，这种关联仅仅是来源于赋诗的风气习俗，还是尚有一个更广泛的言语脉络？诗固然是人的言语活动，认为它表达出人的心志，那当然是合乎情理的；但人还存在其他言语活动，是不是这些不如诗那样具有强烈修辞色彩的语言活动也一样表达出人的心志呢？从现有文献看来，答案是肯定的。在谈到诗言志命题形成的时候，指出这个存在于一般语言活动之中的古人“常识”，才算理解完整。古人不但认为诗是表达心志的，而且推而广之，认为一切言语活动也都是表达心志的。虽然这后面一点并没有得到不断的论述，而只是一个近乎不言自明的前提，但是在理解“赋诗”与“言志”、“闻诗”与“观志”的相互关系的时候，还是要略为讨论这个潜藏在语言脉络中不言自明的前提。随着战国秦汉之际儒家解诗学地位的建立，“志”就成为专用于解诗的范畴，至于其他言语活动就不再用“志”来解释。这一方面是由于赋诗的风气习俗，相当程度上强化和突出了诗与“志”的相关，以至于诗志相连为诗所独占，其他言语活动无从分享；另一方面是由于日后儒家的解诗活动，以志释诗，于是志就成为解诗专用的符号，其他言语活动与志的关联，不再为人提起。

古人其实是认为一切言语活动都通往志的表达。《左传》襄公二十五年孔子借古书所云“言以足志，文以足言”，并据此说：“不言，谁知其志？”显然，这里说的言并不指诗，而只是一般的言辞。“言以足志”意思是言词是用来表达、增益志的；而“文以足言”意思是文字是用来记录修饰言辞的。特别是后一句“不言，谁知其志”，更表明了言辞的作用就是表达心志的。《左传》襄公二十七年，告人曰：“志以发言，言以出信，信以立志。”心志、思想发而为文辞，而人的文辞与行为务必相符，其心志、思想才能够树立。这段话的潜在言语逻辑，也是以为言辞表达心志。《左传》昭公九年，屠蒯曰：“味以行气，气以实志，志以定言，言以出令。”口味之食使血气行通，血气旺畅则心志充满，心志而发为言辞，言辞出口则如行令。屠蒯所说虽然与告人不同，但都认同一样的逻辑，言辞是表达出来的心志，心志是促使言辞呈现出来的内在力量。心志与言辞，一里一表，一内一外，它们所以相关，实在是基于这种表里内外的关系。

春秋时代，我们可以看到“言以足志”和“赋诗言志”两种内涵大小有别而性质相同的关于言辞与心志关系的表述。很明显，“言以足志”比“赋诗言志”的内涵要大许多，因为“言”包括了“诗”，而“诗”只是“言”的一个类型。由“志”到“言”，或者由“志”到“诗”，两者都遵循由内而外、由里而表的原则。无论是“言”还是“诗”，都是表而出之的“志”。因为存在“言以足志”的言语脉络基础，“赋诗言志”才算顺理成章。言辞在春秋时期被理解成“说出来的心志”，于是凡是已经说出来的言辞，都可以是心志的表述。正是在这个意义上，《左传》提到春秋时代多本被冠书名以“志”的书，如《志》《军志》《前志》《周志》《仲虺之志》。[1]何以书可以称为“志”，记录下来的文本可以名之曰“志”呢？就是因为它们都是内心之志表达出来的言辞，都是由内心之志宣达出来的话语。内在于心的志经由表达，经由说出，就可同训为“志”，于是志又通记载、记录的意思。后世有史志、方志等用辞，便是取“志”记载、记录的意思。此志同于彼志，差别在于一内一外而已。这个时候，“志”就训“书写出来的文辞”的意思。由此看来，春秋时期的志，含义是比较广泛的。正如

---

1 如《左传》僖公二十八年，“《军志》曰”；文公二年，“《周志》有之”；文公七年，“《前志》有之曰”；成功四年，“史佚之《志》有之”；襄公三十年，“《仲虺之志》云”。其中《志》和《军志》为《左传》作者多次提及。

《毛诗序》所说的，“在心为志”。举凡一切内在于心的都可称为志，因为志是相对于文辞的。既然凡文辞都可以归结为志的表达，文辞含义的广泛性，也就说明了心志的广泛性。至于后来为什么志的含义逐渐向抱负、志向、使命、理想、期待等宏大的方向偏移，笔者以为是人的问题。言语是人使用的，使用它的人是社会的中坚阶级，则言语的语义自然而然刻上了这社会中坚阶级的趣味烙印。这一点在赋诗风气尚存的时代就看得很清楚。如同饥者只会言其食，劳者只会言其事，而贵族天生从事经世治民，他们的言辞歌咏，自然就眼光远大，怀抱宽广。两者都属言志，但后者所理解的志，会居于主流的地位。这事实与马克思表达过的看法——一切社会统治的思想都是统治阶级的思想——不无暗合之处。

诗和志的相遇，发生在赋诗的风气习俗大行于世的春秋时期，而两者之所以相遇，相信是由于一个更广阔的语境基础：言辞被看成是内在心志的表达。既然诗是言辞之一，诗当然也是内在心志的表达。虽然春秋时期尚没有“诗言志”的说法，更没有关于诗的纲领，但诗与志已经勾连起来。随着赋诗风气的消逝，随着儒门解诗的兴起，诗与志从无意识的相遇到被整合成为一个关于诗的核心命题，实在是水到渠成的。理论的命题不经意之时被看成天经地义，不言自明，而一旦深究就可发现它同时代社会和语境的深切关联。命题乃一被语境制约之物，它生于一定的语境，发育于一定的语境。然而当它形成之后，当初的语境部分地变化消失，人们只看到它的生命力和扩散的命题影响力，而忘记再深入到它产生的语境中理解它，就以为它如同日月经天、江河行地一般。

论引诗

本文所说的引诗是指先秦时期诸子和历史文献行文中引用“三百篇”诗章诗句的现象。篇籍记载和诸子著作所引用的诗，绝大部分仍可见于今本《诗经》，只有少量逸诗不见于“三百篇”。出自各种目的而引用“三百篇”的诗句，无代无之。或许以为起题作论的意义不大，其实不然。先秦时期篇籍引诗是一个独有的文化现象，特别是当我们要追溯古典诗论的源头，则不能不注意这个独有的现象。从赋诗到引诗再到解诗，三个阶段中引诗是一个中间环节。赋诗和引诗是一种《诗》的“语用学”色彩浓厚的运用，正是这种对《诗》在公共生活中的应用，奠定了后儒解诗的基础和方向。引诗是怎样进入春秋、战国时期公卿士大夫的公共交往的？

《诗》这个流传文本被不同寻常地大量引用意味着什么？贵族支配的上层社会经历由赋诗到引诗的变化背后有什么意义，以及这种变化对后儒的解诗产生了什么样的影响？这些都是我们观察先秦文献引诗时颇感兴趣的问题。本文不揣简陋，从勾勒先秦文献引诗的情景中对上述问题提出若干解释，以为抛砖引玉之用。

一

先秦文献引用诗可以分成两方面来讨论。其一是记载该时期人物的言行活动的史籍，如《左传》《国语》中对诗的引用；其二是诸子百家著作对诗的引用。前者可以称为春秋人物引诗，后者可以称为诸子引诗。前者反映的是《诗》在贵族生活心目中的一般地位和影响；后者则反映不同学派对《诗》的态度以及《诗》对其理念的影响。两种引诗的情况虽然有联系，但由于文本的语境不同，仍然需要分别讨论。

《左传》屡见引诗，除了叙述者[1]极其偏好引诗

1　世传《左传》为左丘明所作，但杨伯峻经过一番（转下页）

赞美或评论笔下的人物言行外，还大量记载了春秋时代人物言谈议论中引用诗的情况。据笔者统计，《左传》里春秋人物引诗，共有86回[1]，《国语》中的引用则相对少见，只有16回。[2]同是《左传》春秋人物引诗远多于引《书》，引《书》的记载只有36回。[3]《诗》和《书》都是那个时代公卿士大夫贵族圈子的流行文本，是他们立身处世的必备典籍。由引用的频率看，《诗》比《书》更见得普及和有“使用价值”。这就引出了问题，为什么春秋人物那么

（接上页）考据，认为不足信。但要之是出于一人之手，成书在战国初期。（见杨伯峻《春秋左传注》的《前言》，中华书局，1990年版）《左传》的叙述者是一个非常熟悉诗的人，他经常“卒章显志”，托言“君子曰”，引诗赞美或评论他写到的人和事。我统计了一下，共有32处为叙述者的引用。叙述者的插入，不属于春秋人物引诗，故存而不论。

1 据我的统计，春秋时期（公元前722—公元前479年）春秋人物引诗如下：桓公之世1引；庄公之世1引；闵公之世1引；僖公之世8引；文公之世4引；宣公之世6引；成公之世9引；襄公之世17引；昭公之世34引；定公之世2引；哀公之世3引。所谓一回是指个人在一个言对的情景中引用诗。如果他引用多篇诗章，仍然算一回引用；如果有两个或以上的人对话，各自的引用则分别统计。

2 《国语》所记载的引诗，《周语》有8引，《晋语》有6引，《楚语》有2引。

3 根据我的统计，《左传》人物引用《书》共有36引。有的见于今本《尚书》，有的则不见。

喜欢引用诗？一般来说，引用他人的话语出于两种情况：第一是将他人的话作为一个“事实陈述”而加以应用，当成一个事实来加强或证明自己的论点；第二是将他人的话作为一个“真理陈述”而加以应用，这意味着别人的话因代表了某种先在的真理而加入到自己的陈述中来。后者通常称为“权威引证”，因为他人的话语更有权威，引用一个大众认同而比自己更有权威的说法，就显得更有说服力。当然，“真理陈述”要依赖一个更大的语境，这就是语用的圈子要共同认可引用文本的权威性。社会对某些文本的权威的共同承认，支撑了该文本“权威引证”式的使用。而春秋时代讲求血缘身份的贵族社会恰好就是将《诗》作为“真理陈述”而应用的。

如果我们以上述观点检视春秋人物对《诗》的引用，则可以下一个确切的断语：绝大部分引用都是“权威引证”，即诉诸一个权威文本加强自己论说的正当性。[1]权威引证的运用当然可以多种多

1　在86通的引用之中，仅有襄公十一年魏绛引《小雅·采菽》“乐只君子，殿天子之邦”赞美晋侯的和戎政策；昭公二十八年记孔子引《大雅·文王》“永言配命，自求多福”（转下页）

样。《左传》中出现最多的对诗的权威引证是正面陈述自己论说的情形。例如，成公八年（公元前583年）晋侯派韩穿去鲁国，劝说其将“汶阳之田”归还齐国。而“汶阳之田”本属鲁国，但被齐国强占。成公二年（公元前589年）鲁、晋、卫、曹同伐齐，齐师败绩。鲁因此取回“汶阳之田”。鲁公卿季文子设宴送韩穿，席间季文子提出一个小国和大国应当各自遵行的原则：“大国制义，以为盟主，是以诸侯怀德畏讨，无有二心。”“信以行义，义以成命，小国所望而怀也。”可是如今作为盟主的大国晋国提出如此违背承诺的要求，便是“信不可知，义无所立，四方诸侯，其谁不解体？”季文子引用《卫风·氓》：“女也不爽，士贰其行。士也罔极，二三其德。”接着他质问韩穿：“七年之中，一与一夺，二三孰甚焉？士之二三，犹丧妃耦，而况霸主？霸主将德是以，而二三之，其何以长有诸侯乎？”从现代的观点看，季文子的引用似乎有点儿不合诗的本义，但放在古人的语境中，则毫无不

（接上页）句，赞美贾辛的行动，不属于权威引证。还有昭公二十年、昭公二十八年两处引诗以为一个存在事实的证言，不属于权威引证之外，其余均属于权威引证。

妥。季文子显然是以女喻鲁，以士喻晋。女方倒是始终如一，而男方则背信弃义。田本属鲁，作为霸主的晋不主持公道，反而要鲁将己田付给曾经的霸占者齐。岂有强者如此颠倒是非，不讲道义？季文子的话渗透着这样的道德原则：弱者应当以忠诚奉事强者，而强者则应当以信诺换取弱者的忠诚。弱者当忠而强者当信。虽然诗句本意谴责的背信弃义发生于两性之间，但是它所呈现的道德原则显然不仅适合于两性关系，即便小国与大国的关系，亦当有忠有信。诗句本意呈现的道德原则支持了季文子关于小国与大国各自应当遵行的道德规范的论点，正因为道德原则的普适性，季文子才将《卫风·氓》的诗句引用在他的话里，增强论说的权威性。尽管诗篇没有直接谈论到大小国行为应当遵行的原则，但道理相通。有诗句权威性的支持，季文子引用之后才有那么严厉的质问。严厉质问的背后是权威和真理，而《诗》就是权威和真理的化身。

另一个引诗说理的例子是昭公二十六年（公元前516年）晏子说齐侯。该年齐国天空出现彗星，齐侯以为有灾祸，使人禳祭以消灾。晏子以为多事而无益，劝齐侯放弃，故说齐侯曰："且天之有彗也，以除秽也。君无秽德，又何禳焉？若德之秽，禳之何损？诗曰：'惟此文王，小心翼翼。昭事上帝，聿怀多福。阙德不回，以受方国。'君无违德，方国将至，何患于彗？"晏子比齐侯更有理性，他不相信禳祭消灾的说法，以为国君既然无失德之事，禳祭便是无益；若是做下失德之事，即使禳祭了，它依然存在。换言之，禳祭还是无益。晏子担心迷信的齐侯不接受这理性的说法，于是搬出《大雅·大明》来，以文王为国君的榜样。言下之意是，当年的文王做事，也只是本着不悖天、不违人的原则，四方的小国纷纷归顺；如今齐侯你并无失德之事，四方小国就要归顺，又怕什么彗星出现呢？在晏子的眼里，关于《诗》并无今人所谓"纯文学"的观念，相反《诗》是一部可以吸取教诲的典籍，它记载了成功的治国范例，它昭示的道德原则和典范，值得后来的治国者好好学习和效法。《诗》的权威性就来源于它对典范的记载，以及对治国的道德原则的揭示。

引诗现象所表明的《诗》的权威性，不仅表现在春秋人物引诗作为一种正面的陈说理由，而且也表现在他们以诗揭示的道德准则来为自己的行为反躬自问。《诗》的道理具有普遍性，它不但适用于作为处理各种公共事务时的准则，适用于作为治国的教诲，同时也是每一个仁人君子立身处世应该遵循的教导。僖公三十三年（公元前627年）晋军大胜秦军，俘获秦三军统帅孟明视等人。晋人想借刀杀人，将俘获的秦将放回。果然秦国公卿纷纷将失败的责任归咎于败阵的孟明视等人。他们进言秦穆公："是败也，孟明之罪也，必杀之。"[1]秦穆公毕竟头脑清醒，他说："是孤之罪也。"接着引用《大雅·桑柔》："大风有隧，贪人败类。听言则对，诵言如醉。匪用其良，覆俾我悖。"根据文献，这首诗是周厉王卿士芮良夫所作。《小序》云："《桑柔》，芮伯刺厉王也。"[2]这是一个真实的历史教训，因为治国者放纵了自己的贪欲而导致了失败。秦穆公引诗，当是想起了历史的教训，诗所揭示的真理让他反躬自问。他把

1 《左传》文公元年。

2 秦穆公谓此诗是"周芮良夫诗"（《左传》文公元年）；《逸周书》内有《芮良夫篇》，杨伯峻谓此为"可信之文献"（杨伯峻《春秋左传注》第二册第516页，中华书局，1990年版）。今从杨说。

自己比作“贪人”，因为太贪婪于开疆拓土，所以才不听他人劝告，贸然进兵。贪婪迷了心窍，正所谓“听言则对，诵言如醉”，哪有不败的道理？秦穆公引诗后道：“是贪故也，孤之谓矣。孤实贪以祸夫子，夫子何罪？”在秦穆公的反省中，《诗》扮演了一个重要的角色。它像一面镜子，让秦穆公照见了自己的过失，在迷途中找到了人生的正路。

《诗》在春秋人物生活中的运用是多方面的。言说的时候出口成章引几句诗，或者用以表明自己的贵族教养的水准，又或者为自己的论说找到有力的支撑；或者运用它劝说对方接受自己的主意，又或者反驳对方的论点；或者用以反省自己的行为，又或者用以赞美对方。然而所有这些引用都表明其中存在一个共同认可的前提。这就是《诗》是他们言行规范的神圣典则，它在所有典籍中的地位是至高无上的。《诗》承载了宝贵的历史经验和教训，昭示了必须遵行的道德原则；它汇集了先祖的聪明智慧，启发了历代不易的真理。《诗》不仅以其韵律、节奏、趣味，浸润了那个时代的贵族社会，更重要的是以其不可动摇的权威教诲，为贵族人生提供言行的道德准则。春秋人物对《诗》不厌其烦的引用，正反映了春秋社会的生活事实。

二

诸子引诗多在战国，其反映的基本风貌比起春秋人物引诗发生了微妙的变化，这种变化是社会大转变的结果。一方面礼崩乐坏，《诗》《书》的权威随之而分崩离析，人们对它们的敬意日渐淡薄；另一方面诸子崛起，新说纷呈，即便是以维持旧有言说的权威为使命的儒家，也面临一个如何给予经典新解释的难题。早在春秋时代，《诗》的衰落已可见其痕迹。管仲助齐桓公行霸道，其管治倾向于法，而《管子》里面的管仲，刚好就是一个不熟悉《诗》，对《诗》的重要性缺乏认识的形象。《管子·小问》记载了一个有趣的故事，齐桓公要管子求宁戚出来做官，宁戚答了一句："浩浩乎！"管仲不得其解，为此犯愁不已，最后还是婢女看出了主人的愁容，替主人解了疑惑，不就是《诗》里面的"浩浩者水，育育者鱼，未有室家，而安召我居？”[1]宁子不出来做官，“宁子其欲室乎？”原来宁子想娶妻成家，再考虑是否出仕。照此看来，管仲对《诗》的熟悉程度还赶不上自己的婢女。怪不得他谈论到《诗》，仅认为《诗》有“止怒”和“记物”的作用。[2]总之，春秋时代还保持了对《诗》的崇敬和对《诗》权威地位认可的一致性，而到了战国之世就逐渐瓦解。新起的诸家论说遗弃诗书传统，又或者大张挞伐。而儒家在继续保持对《诗》《书》的敬意和极力维持其权威的同时，也忙于作出姿态上的调整，儒家也要透过解诗重新寻求它在经典序列里的位置。

在诸子著作中，属于墨家、道家、兵家、法家的，很少或者根本不引用《诗》。墨家算是对《诗》还残留有一丝的敬意，把它作为可信的先在文献。遇上要说明之前社会的状况，就顺便引用几句。但也是仅仅用为史料，其态度是实用主义的。道家对《诗》的态度可用不闻不问形容。《诗》所垂训的道

1 今本《诗经》不见此诗，当是逸诗。

2 见《管子·内业》云:“止怒莫若诗，去忧莫若乐。”又《管子·山权数》云:“诗所以记物也。”这两点认识似与孔子相近，但比孔子的认识远为肤浅。

德教诲和礼乐仁义，在道家眼里几乎就是“大道废”才出现的不祥之物，故而避之则吉。兵家求胜，无所不用其极。兵者诡道，与《诗》《书》风马牛不相及，更是背道而驰。法家则是痛抵《诗》《书》的急先锋，视《诗》《书》如同寇仇。

《墨子》一书引《诗》的地方只有5处，多数是谈论到周代社会的情形而加以引用的。[1]《诗》在墨家作为道德教诲的含义隐没了，而作为社会史料的意义却突显出来了。墨家与《诗》《书》传统虽然不是知音，但也不是敌人。黄老方仙道家之书如《老子》《公孙龙子》《鹖冠子》均于《诗》无引。《庄子》一书，引诗仅一见，而且是间接引语。[2]道家对于《诗》《书》的传统，虽然没有激烈的贬词，但鉴于礼乐崩坏的局面无可挽回，遂将之弃置不顾，也就是可以理解的了。

法家则讲究实用功利，注重效率，颇有“现代

---

1 《墨子》引诗5处分别在，卷一《所染》、卷二《尚贤》中篇、卷三《尚同》中篇、卷四《兼爱》下篇、卷五《非攻》中篇。其中第1引用意在以诗句辅助证明自己的论点，第5引是间接引语，而第2、第3、第4引是引诗句作为周代的社会史料。

2 见《庄子·杂篇·外物》。所引诗句“青青之麦，生于陵陂”，不见于今本《诗经》。

性”的意味。他们只求富国强兵，霸主与法吏共治天下，诗书礼乐在他们眼里属于繁文缛节，劳民伤财一类，代表的是一个垂死挣扎行将消逝的世界。于是诵诗称诗就是悖逆潮流的倒退行为。所以法家提到《诗》《书》，不是语含贬义，就是大加挞伐。韩非是法家人物，认为居今之世而行往古之教，足以乱世亡国。[1]乱世亡国的“五蠹之民”里，“称先王之道以籍仁义”者[2]，属“五蠹”之首。他虽然没有明说儒家属“五蠹”，但含沙射影，怎么说都是指向儒家。《韩非子》里，有4处提到诗句，3处是故事里的间接引语，只有1处作为史料引证。[3]先秦诸子传世篇籍，诋毁《诗》《书》最卖力的就数《商君书》。《诗》《书》而至于商君，真是斯文扫地而荡

---

1 《韩非子·五蠹》云“儒以文乱法”，又云“工文学者非所用，用之则乱法”。《韩非子·和氏》赞扬商鞅“燔诗书而明法令”，以为此是强国之方。

2 见《韩非子·五蠹》。韩非子原词是“学者”，他话里“称先王之道以籍仁义”的“学者”就是儒家。

3 3处提到诗句的故事分别是《韩非子·说林上》“温人之周”的故事，这个故事又见于《战国策·周策》；《韩非子·外储说左上》“齐王好衣紫”的故事；《韩非子·外储说右上》“景公与晏子游于少海”的故事。1处作为史料引用在《韩非子·忠孝》，引“普天之下，莫非王土”句，证“舜臣瞽瞍”一事。

尽。《商君书·靳令》把《诗》《书》贬称为祸国殃民的“六虱”之一。《靳令》篇云：“六虱成群，则民不用。”“此之谓君之治不胜其臣，官之治不胜其民。”又如《算地》篇云：“故事《诗》《书》谈说之士，则民游以轻其君。”战国之世，学在民间，儒门弦歌风诵不绝于野，或被法家看成离心离德的力量，因此必欲除之而后快。商门法家将富国强兵和诗书礼乐对立起来，主张富国强兵必定要锄灭诗书礼乐，去除仁义道德。[1]持有如此极端的“国家主义”和“君主至上”理念，称引诗篇在后期法家著作里绝了迹，那是理所当然的了。

儒家以继承周公文武之道为己任，以诗书礼乐教公卿弟子。毫无疑问，在儒家那里《诗》还是保持了经典篇籍的第一文本的地位。但是因为已经存在废弃《诗》《书》和贬斥《诗》《书》的其他诸子学派，人们对《诗》的冷漠和各种关于《诗》的混淆视听的说法，使得在新形势下确定诗意变成十分重要的事情。正因为如此，我们在儒门著述的引

---

1 《商君书·农战》：“诗、书、礼、乐、善、修、仁、廉、辩、慧，国有十者，上无使守战。国以十者治，敌至必削，不至必贫。”

诗中，一方面看到大张旗鼓地引诗为权威论证的做法，另一方面也看到他们对诗意的小心翼翼的切磋探讨。透过儒家寻求确定诗意的迫切心情，我们不难看到当时社会对《诗》权威的怀疑氛围和淡漠情绪。

孔子及其弟子虽然主要生活在春秋末期，但从孔门运用诗句的实际情形看，已经显示出与春秋人物引诗的微妙不同。《论语》并没有孔子引诗的记载，孔子一生风尘仆仆，造访王侯公卿权贵，陈说治国的理念，其中没有留下孔子引诗的记录，殊为可惜，但有两例孔门弟子求问诗意的记载。其一在《论语·学而》，子贡引《卫风·淇奥》"如切如磋，如琢如磨"，问是否可当孔子说的"贫而乐，富而好礼"之意，孔子大加首肯。另一处在《论语·八佾》，子夏求问《卫风·硕人》"巧笑倩兮，美目盼兮，素以为绚兮"是什么意思，孔子答"绘事后素"。细看孔门对诗意的探讨，孔子的理解重在不违背文意的前提下，关注诗句的隐喻含义。《论语》记载的儒门用诗更接近于解诗而非引诗。然而，传世文献中记载儒门当时切磋学问、议论时政之际大量引诗的是《礼记》。其中情形生动地呈现了孔子和诸弟子以及诸弟子之间对《诗》的敬意、对《诗》权威性的认同。

《礼记》全书驳杂，除了解说礼制、记载礼仪的篇章没有引诗或甚少引诗之外，那些涉及学问切磋、德行修养、政教理想的篇什则大量引诗，达到非诗不足以证明其论说权威性和真理性的程度。《礼记》篇什中，《坊记》引诗14通，《中庸》15引，《表记》14引，《缁衣》18引，《大学》12引。其他篇什如《乐记》《祭义》《经解》《礼器》，或一引或二三引。《诗》作为经典文本拥有最高的权威，由春秋赋诗风俗造成的诗的权威地位由儒门全盘继承下来。这是我们可以在春秋晚期和战国早期赋诗风俗衰竭之后儒门文献广泛引诗的习惯中看出来的。例如《乐记》:“天下大定，然后正六律，和五声，弦歌诗颂。此之谓德音，德音之谓乐。《诗》云:‘莫其德音，其德克明。克明克类，克长克君。王此大邦，克顺克比。比于文王，其德靡悔。既受帝祉，施于子孙。’”诗出《大雅·皇矣》，是称颂文王的祭歌，与诗意与引者文意所讲天下大定制礼作乐本有不同，但因此诗为“德音”的典范，故《乐记》作者引之以强调“天下大定”之后制作出来的乐应该就是这样的“德音”之乐。又如《坊记》:“子云:‘贫而好乐，富而好礼，众而以宁者，天下其几矣。’《诗》云:‘民之贪乱，宁为荼毒。’”文中所称的子，不一定是孔子，也可能为再传弟子。他想说普天之下德行无亏者本来鲜少，故引《大雅·桑柔》的句子。诗句的意思与说话者的意思其实是有距离的。诗句的意思只是民人的贪乱进而成为荼毒，而不是世人多贪乱。但说话者断章取义，将它解释为世人多贪乱。然这也足见诗的权威性。最有意思的是《大学》引《卫风·淇奥》首章:“瞻彼淇奥，绿竹猗猗。有匪君子，如切如磋，如琢如磨，瑟兮僩兮，赫兮喧兮。有匪君子，终不可谖兮!”然后作者发挥曰:“如切如磋者，道学也;如琢如磨者，自修也;瑟兮僩兮者，恂栗也;赫兮喧兮者，威仪也;有匪君子，终不可谖兮者，道盛德至善，民之不能忘也。”按《小序》的解释，诗句歌颂卫武公德性威仪的高大形象，这里被解释成君子修身进德而至于至善的境界，诗句成为君子之所以为君子的权威说明。引诗者已经远离赋诗的年代，但对《诗》敬意一如往古，视若箴言宝训。

孟子以辟邪说黜杨墨为己任，其文如汪洋大河倾泻而下。一个好辩的斗士形象，在《孟子》一书跃然而出。《诗》的权威性对孟子来说是毫无疑问的，他把《诗》看成是“王者之迹”[1]，后人若欲上窥圣王的事迹，回归全盛的典范时代，则必须借助《诗》的文本，循着《诗》的轨迹才能做到。在他风动人主、攘辟邪说的言论中，孟子屡屡引诗为自己的说理助威。《孟子》一书，记录引诗的地方有33处之多，除有6处是转录他人引用之外，其他都是孟子个人的引用。[2]孟子引诗绝大部分场合是权威引证。他要借助《诗》的权威，在这个纷纭的乱世正本清源，树立修身、治国的典范。《孟子·梁惠王下》有一段孟子与齐宣王对话非常有意思。齐宣王问交邻国之道，孟子讲了一番大国小国、事大事小的道理之后，引《周颂·我将》“畏天之威，于时保之”作为原则，以为敬畏天威就能安享国家太平之道。但齐宣王一转话头，说自己“好勇”，做

---

1 《孟子·离娄》下篇：“王者之迹熄而《诗》亡，《诗》亡而后《春秋》作。”

2 这个结果是根据我自己的统计。《孟子》一书多用对话体，间中也有独白体。他人的对话也有引用诗的做法，他人引诗除外，孟子引诗通得27通。

不到孟子说的畏天。孟子顺辞而下，让齐宣王分辨“小人之勇”和“大人之勇”。他引《大雅 · 皇矣》：“王赫斯怒，爰整其旅。以遏徂莒，以笃周祜，以对于天下。”孟子言下之意是，好勇没有问题，但要好得其所。作为统治者，当效法文王，“文王一怒而安天下之民”。齐宣王又问王政，孟子引《小雅 · 正月》“可矣富人，哀此茕独”[1]，并以此为王政的最高境界。齐宣王表示赞同，但又直言不讳说：“寡人有疾，寡人好货。”孟子引《大雅 · 公刘》：“乃积乃仓，乃裹糇粮。于橐于囊，思戢用光。弓矢斯张，干戈戚扬，爰方启行。”诗本意在赞美公刘备战备荒，藏粮于民，积极抵御外患。而孟子用为“好货”之喻，劝齐王以公刘为楷模，不为自己“好货”，而要为国家民众“好货”。孟子说：“王如好货，与百姓同之。”齐宣王又说：“寡人有疾，寡人好色。”孟子又引《大雅 · 绵》：“古公亶父，来朝走马。率西水浒，至于岐下。爰及姜女，聿来胥

1 细按文意，孟子对这两句诗的解释，似与毛郑不同。毛传云此诗“刺幽王”，诗的基调也是不满朝政荒淫、民众孤苦无告的局面。所以郑笺云：“此言王政如是，富人已可，茕独将困也。”但孟子似把诗句解作一种富人固富而又哀怜扶助贫困孤寡的理想社会状况。有的是齐宣王也赞同孟子的解释。

宇。”孟子将古公亶父与妻妾族人迁居歧下另觅发展解作爱民之政，做到了“内无怨女，外无旷夫”，因此也可以叫作“好色”。孟子让齐宣王“王如好色，与百姓同之”。观孟子不厌其烦地引诗，当中并没有炫耀博学的味道，反而感觉到孟子面对如齐宣王一样已经不明白仁德之政为何物的王侯，表现出力图恢复古代理想的迫切冲动。他在《诗》里找出让王侯可以效法的榜样，从《诗》的教诲中发掘“王政”“王道”的基本原则。《诗》的教诲和典范对孟子来说是毫无疑义的，而他陈说的对象则日益荒疏于《诗》的教诲。两者之间的隔膜使我们甚至感到孟子那种爱好引诗以光大《诗》义的冲动，有点近乎焦虑，正是这种焦虑导致了孟子对所引诗章诗句的“过度解释”。他完全不顾文本的原意，一味地发挥诗句可能的比喻意味，用引申义、转延义来求诗句符合其语境。与春秋人物引诗相比，《诗》作为“神圣文本”在整个上层社会的权威地位和熟悉程度明显地减退了。它只存在于一部分追怀往古如孟子般的仁人志士的情怀里，而社会对这个曾经的“神圣文本”变得陌生了。正因为这样，那些对此依然有记忆的人，就必须为此而奔走呼号，与遗忘搏斗。

在先秦诸子著述中,《吕氏春秋》算是引诗较多的，计有16引。但是作者的思想似属于杂家，对《诗》的敬意明显不如纯正的儒家，其引诗多作为辅助论证之用。而对《诗》依然还保留相当敬意而又在著述中频繁引诗的当数荀子。荀子是战国晚期儒家之集大成者，他有可能还活到秦始皇统一中国之后。[1]《荀子》32篇，只有5篇没有引诗，其余各篇引诗统共达83引之多。[2]如果要比较孟子与荀子的引诗，首先值得注意的是荀子对诗的姿态已经作出了调整，荀子在保持敬意之余姿态比较务实，他没有孟子对《诗》那么一往情深。荀子有“隆礼义而杀《诗》《书》”的看法[3]，他显然对《诗》《书》的虚文藻饰在现实世界中到底有多

---

1 郭沫若根据《荀子》文中对独裁思想的厌恶和对“诛独夫”的推崇，推测荀子活到秦人混一区宇之后。此处从郭说。见郭沫若《十批判书》之《荀子的批判》，人民出版社，1954年版。

2 5篇没有引诗的是《乐论》第二十、《性恶》第二十三、《成相》第二十五、《赋篇》第二十六、《哀公》第三十一。

3 见《荀子·儒效》第八。有谓“杀”乃“敦”之误。郭沫若力证其非，甚有理。此从郭说。见郭沫若《十批判书》之《儒家八派的批判》，人民出版社，1954年版。

少作用，持有怀疑的看法。与其依赖对已经分崩离析的《诗》《书》传统的认同，不如仰仗礼义制度对达到儒家的王道理想来得更加实际。正是由于荀子的这种姿态调整，尽管他也大量引诗，但他在引诗中流露出对《诗》的激情显然比孟子减弱了，倒是有点像《吕氏春秋》那样，只是将《诗》作为自己论点的辅助论证。荀子引诗有一个大致的模式。他多是先陈述自己的论点，作了一番论证之后，在论证段落的末尾，引上几句诗，作为自己论点的加持。他不像孟子那样，注意从诗句中引出权威性的道德教诲。荀子引诗当然也有道德教诲的意味，但诗句蕴含的道理和事实并不占据显要的地位。比如《劝学》篇，荀子讲了“目不能两视而明，耳不能两听而聪”，学习要专心的道理之后，在段末引用《曹风·尸鸠》:“尸鸠在桑，其子七兮。淑人君子，其仪一兮。其仪一兮，心如结兮。”将诗意和他自己的结论归结为“故君子结于一也”。诗句虽然还有权威性，但这种权威性是以荀子之“我”为转移的。又如《富国》篇扬儒辟墨，讲“人主”之需要行儒家以礼义钟鼓、刻镂文章来充塞众人的耳目而使之知赏行罚的道理。“人主”万不可实行墨家“节用”之策而使“天下贫”。荀子在段末分别引《周颂·执竞》和《小雅·节南山》来标举施行儒策的盛容和施行墨策的惨象。前者是“钟鼓喤喤，管磬玱玱。降福穰穰，降富简简，威仪反反。既醉既饱，福禄来反”。后者的景象则是“天方荐瘥，丧乱弘多。民言无嘉，憯莫惩嗟”。荀子的用诗无论是借助诗的道理，还是借助诗的形容，如上述例子那样，大多数场合都是放在段落的末端，作为对自己论点和论据的补充说明，用以加强论证的可靠性。荀子引诗还有一个特点，他不像孟子那样会在一个隐喻性的语境中引用诗句，反而多在逻辑清晰的语境中引用诗句。引用诗句之前他已经明确地表示出他的论点，这种论点或道理的陈述往往就是他对所引诗句的理解。因此荀子的引用对理解诗句来说已经铺垫好一个语境的基础，而这个语境暗示我们如此这般地进入诗句，理解诗句。以荀子设置的语境为一方，以所引用的诗句的句意为另一方，双方由于存在清晰的逻辑进入路径，于是就能很好配合，不存在隐喻语境造成的模糊空间。荀子的这种引诗方式表明，他已经越来越多地运用自己的理性来理解《诗》，而不是遵从一个社会圈子例如贵族圈子的共同认定来理解《诗》，就像春秋人物引诗那样。当然从另一个方面来说，依赖个人的理性把握《诗》，则意味着那种共同认定某一文本内涵的社会氛围已经不复存在，所以个人的理性、清晰的逻辑在理解诗意中才扮演越来越重要的角色。

三

如果我们忽视“断章取义”一词在如今语境中的贬义意味，而恢复它当初单纯指代《诗》《书》引用的一种习惯的话，那我们就会明白任何引用都是基于“取义”的需要，而若要向另一文本“取义”，则必须“断章”。因“取义”而“断章”，其实并无任何不妥。至少后来的注疏家已经意识到它的平常性，断章取义于事于理都是极其自然的，后人不必指摘。[1]《左传》襄公二十八年记卢蒲癸说，“赋诗断章，余取所求焉”。这可以证明先秦

1　如于《毛诗正义》之《国风·小星》，孔疏云：“文取于彼，义随所证，亦断章之义也。”又《国风·绸缪》，孔疏云：“引诗断章，不必如本也。”如此的例子还有一些，兹不赘述。

用《诗》之际，断章而取之，求其义随所证，是一个通行的共识，并不包含任何贬义在内。或许我们可以追问的是断章取义而用诗究竟意味着什么。

《诗》《书》在古人那里是神圣文本，它们所蕴含的典范、真理和集体记忆一直指导着公卿士大夫治国、齐家和个人修身。这不仅意味着这些文本地位崇高，不可亵渎，而且也意味着它们在日常生活中的广泛应用。“《诗》《书》，义之府也”[1]，这些神圣文本是“义”的源泉。无论公共事务还是个人事务，凡是需要用到“义”的场合，理所当然就求助于诗书，没有什么文本比它们更有权威性。处在我们今天文本泛滥、著述滔天的世界，是很难想象文本极度稀缺的古代公卿贵族对《诗》以及由《诗》所熔铸的教养的崇敬。《吕氏春秋·慎行论》讲了个故事：“晋人欲攻郑，令叔向聘焉，视其有人与无人。子产为之诗曰：‘子惠思我，褰裳涉洧；子不我思，岂无他士。’叔向归曰：‘郑有人，子产在焉，不

1 见《左传》僖公二十七年。

可攻也。”[1]子产诵诗和个人高雅的教养，居然可以使一个小国转危为安。赋诗或诵诗居然可以却敌，这是2 000多年之后的当今社会绝对不可想象的。而它存在的社会基础正是《诗》的神圣性和权威性的认同。由此一情形造成了《诗》在日常生活中的广泛应用性，产生了各种场合不可或缺的“取义”的需求。仅仅“取义”于自己的聪明识见远不若“取义”于《诗》，“取义”于己则仅成一己之见；“取义”于《诗》则既可以服众，又可以显明教养。先秦时期，尤其是春秋时代，意义的世界基本上是围绕着《诗》《书》这些神圣文本而展开的。《诗》《书》是意义的源泉和中心，各人依照《诗》《书》昭示的真理、教诲和记载的典范，视其需要的场合推衍运用。

“取义”的运用催生了“断章”的做法。这是因为诗篇本身或长或短，但对特定场合的需要来说，短者尚嫌太长，更遑论其长者。于是从篇中截取短章，或取出数句来运用的做法应运而生。断章的含

1　此诗见于《郑风·褰裳》。子产所引为二章前四句。《小序》并无言何人所作。“为之”云云，不知何据。或子产引诗，亦可通解。

义在于使诗篇“箴言化”“语录化”，这和宗教文本如《圣经》《古兰经》在编排上已经“箴言化”，有异曲同工之妙。两者都是在日常生活中有大量的应用，只有“箴言化”才能足敷需要。由此可见，人类社会某些文本因其神圣和权威而在日常生活有广泛应用，它们必然会被断章而用，必然会“箴言化”和“语录化”。考之先秦时期，无论赋诗还是引诗，均是断章而用，未见有赋全篇或引全篇的情况。赋诗和引诗两者均需断章，这是相同的地方，但两者在取义上微有不同。赋诗因多在朝聘、外交的场合，它的语境更为复杂，含有更多的非文本因素；引诗的场合相对而言不是对话就是立论阐述，非文本的因素不多。不过，无论赋诗还是引诗，既然是“取义”，也就算是一种特别的文本解释行为。它们包含了赋诗的人或引诗的人对所赋、所引的诗句的一种理解。值得我们注意的是这种理解方式孤立在诗句（断章）范围之内，它并没有顾及篇意。也许不是没有顾及，而是根本就没有产生篇意这样的观念，因为篇意存在的前提是把一首诗看成一个独立的意义单元。有了对独立的意义单元的基本界定，才能返求诸个别诗句的解释。赋诗和引诗要不就是尚且缺乏篇意这样的观念，要不就是根本置篇意于不顾，于是才可以随意从个别诗句中“取义”。完全不受篇意约束的解释方式当然会导致解释的随意性，或者说解释的相对主义。这种解释的相对主义表现为两个方面，其一是赋者和引者所要表达的意思，与诗句的本意产生较大的距离。赋者和引者通过引申、转义、隐喻的方式，放大或转移诗句的意思，以使得诗句能够在自己的言说脉络中运用。虽然这种“活用法”在当时完全正常，也为社会惯例所接受，但是究竟于诗句的本意无所安顿，究竟是属于“过度解释”。尤其是当《诗》的解释发展到寻求一首诗的篇意的时候，相对主义“活用法”的毛病就凸显出来了。其二是当不同的引者因为“活用”的需要而引用同一诗句的时候，造成了彼此矛盾或前引与后引自相矛盾的情况。本来，文本的权威性诱惑言说者“活用”诗句，而过多的“活用”反而使诗句的真实含义迷失于引者设置的语境之中。例如《荀子·儒效》与《孟子·公孙丑上》都引《大雅·文王有声》之“自西自东，自南自北，无思不服”句。荀子之意为，“四海之内若一家，通达之属莫不从服”；而孟子之意为，“以力服人者，非心服也，力不瞻也；以德服人者，中心悦而诚服也。如七十子之服孔子也”。引者所设的语境，自有其与诗句接通之处，但若要问起诗句之究竟意思，则两人肯定有暌违之处。荀子取其四海一家，孟子取其心悦诚服。后人会问诗意的究竟所以然又在何处。又如《荀子》一书，曾经三引《大雅·抑》之“温温恭人，维德之基”句。[1]首引之意在言君子“恭敬谨慎”之“至文”的个人修养；次引之意在言君子“率道而行，断然正己，不为物倾侧”之内在德性；而三引之意在言“天子不视而见，不听而聪，不虑而知，不动而功，块然独坐而天下从之如一体”的所谓“大形”。首引与次引意思还是接近的，而三引所言之意与首引和次引完全不同，根本就是自相矛盾。当然，这种现象是可以理解的，诗句的数目有限，而要应对的情形繁复众多，如果不将诗句引申、扩展，就会出现应用的“诗荒”。取义的相对主义“活用法”其实是一种提高诗句使用效率的现象，不过它的毛病是为《诗》本义的理解带来了混乱。

---

1 首引在《不苟篇》，次引在《非十二子篇》，三引在《君道篇》。引文均见于各篇。

这种解释的混乱要有一个澄清，而这就是解诗。解诗与赋诗、引诗所表露的对诗的解释不同，它不是从断章开始的，而是从探究每一首诗的篇意，甚至是全部流传诗篇的含义开始的。赋诗、引诗作为解释活动的最早形态，它们“语用学”的色彩浓厚，不顾全篇而只着重某章或某句诗。这种解释活动有自己的先天不足，它需要由继起的另一种解释活动来补充——从全篇含义的角度探讨诗意。

如果分析无误，那么先秦时期的赋诗、引诗理所当然就是对《诗》解释活动的起点，也是古代诗论的原初之处。春秋人物以及后来的诸子，他们是最早“活用”《诗》的人物。他们的“活用”构成了早期对《诗》文本的认识。虽然他们的用诗并不如后来说《诗》者直接谈论《诗》那样可以称得上是堂正的诗论，但他们对诗句的“取义”确实包含了对某些“断章”的解释；而对“断章”意义的“活用”确实启发和推动了寻求篇意或篇志的解诗活动的出现。赋诗、引诗与后起的解诗刚好组成一个对《诗》文本由诗句、诗章到篇意的完整的“解释的循环”，而古代的《诗》解释学才得以建立。

论解诗

这里探讨的解诗是指春秋战国至秦汉之际儒家对当时的流传文本诗“三百篇”的释义，以及由此而衍生出来的诗学命题。[1]诗自产生以来，对其最早的理解活动可以说是赋诗和引诗[2]，继之而起的则是解诗。春秋战国时期，诸侯士大夫言对之际对诗章诗句的广泛称引以及儒家著述的频繁引用，促使了对完整意义单元的诗篇的释义活动的兴起，这

1 诸子百家之中对诗感兴趣的只有儒家，其他如墨、道、法、兵、阴阳、黄老不是对诗置焉莫问就是诋毁诗书，故“三百篇”的释义为儒家所独占。

2 《春秋左传》记载有其时公卿士大夫的赋诗活动。班固《汉书·艺文志》说：“古者诸侯卿大夫交接邻国，以微言相感，常揖让之时，必称诗以谕其志。盖以别贤不肖而观盛衰焉。”盖赋诗须“断章取义”，在赋者是赋诗言志，而在听者则是赋诗观志。虽然时或离开文本，但也算得上是早期的理解活动。

就是解诗。儒家的解诗是在抨击、诋毁诗礼传统的潮流与先前由赋诗与引诗而形成的断章取义式的用诗传统的两面冲击下的理性的回应。一方面礼崩乐坏，贵族制度瓦解，崇尚功利、实用的思潮兴起，诗礼传统在急速变化的社会情景下变成被抨击、诋毁的对象。在这个前所未有的大变局中，诗的价值何在？诗到底有没有用？诗在未来的社会还能派上什么用场？这自然成了疑问，需要经过一番阐释和说明，才能廓清疑云，才能让这份贵族时代的遗产重新焕发光彩。另一方面赋诗和引诗这种断章取义式的用诗，在对诗的意义和作用的认同不再能够在上层社会维持一致的情况下，转而使得诗义破碎而不完整，暗昧而不明朗，需要理性探讨重新确定篇意，确定这部曾经被视作“神圣文本”的整部诗篇的主旨所在。儒家的这种回应直接导致了中国古代诗论的兴起，并使得古代诗论带有了自身的特点。

一

诗原本就是古代礼乐制度的一部分。古人拜祭天地、祖宗神灵以及宴享宾客甚至出兵征讨，举行各种礼乐仪式的时候，诗都参与其间，扮演传递祖先历史、前辈典范、道德教诲和集体记忆等意义的重要角色。可以毫不夸张地说，诗其实是古代封建宗法礼乐制度的灵魂，正因为如此它成了古代贵族教养的核心和贵族子弟教育的主要内容。诗的这种性质在后来的典籍中还可以找到旁证：直到司马迁之时，凡言经籍，《诗》列首位；《诗》《书》并称时，《诗》在《书》之前。[1]我们确实不应该把《诗》的地位仅仅理解成是儒家鼓吹的结果，其实它渊源深广，由来有渐。皮锡瑞的话可以参考："盖古以诗书礼乐造士，人人皆能颂习，诗与乐相比附，人人皆能弦歌。宾客燕享，赋诗明志，不自陈说，但取讽喻。此为春秋最文明之事，亦惟在诗义大明之日，诗人本旨，无不了然于心。"[2]诗与礼乐制度相辅相成，关系密切[3]，不是哪一个学派所能造就的，它是

1 六经的观念《庄子》首出，排序为《诗》《书》《礼》《乐》《易》《春秋》，《左传》均言《诗》《书》。《史记·儒林传》列说经诸家，也是首列说《诗》者。到班固《汉书·儒林传》次序才改变，《易》列首位。

2 皮锡瑞《经学通论》，中华书局，1954年版。

3 诗原本是配乐的，都可以弦歌鼓舞。礼崩乐坏的（转下页）

中国上古社会演变的结果。在礼乐制度尚能维持不坠之前，诗礼一体，诗义大明的情景，应该不是夸张之辞。

春秋晚期礼乐制度崩坏的一个直接后果，就是产生了对诗的价值和社会作用的质疑。墨、法从入世的功利和实用角度以为诗有害于治道，而道家则从出世的个体生命安顿的角度以为诗是渺小不足道之物。两者的立论不同，但都在怀疑、否定诗的价值和作用。

在春秋战国社会急剧变迁之世，效率成为人们追逐的目标，也成了判断事物是非的标准。墨家所以非儒，不仅是因为礼乐制度之繁文缛节难以实行，尤其是丧礼之浪费人力物力，也是一个重要的考虑。墨子虽然没有直接诋毁诗，但从他对礼乐制度的批评可以推知，诗同各种礼乐仪式一样，当属于无用之物。墨子以为“儒之道足以丧天下者”有“四政”，其中一政为“弦歌鼓舞，习为声乐，此足

（接上页）一个结果是诗与乐分家。见顾颉刚《诗经在春秋战国间的地位》之第四节《战国时的诗乐》，《古史辨》第三册，上海古籍出版社，1982年版。

以丧天下也”。[1]这里的“弦歌鼓舞，习为声乐”显然指儒家的“诗教”。墨子把治国理民、财富生产与弦歌声乐对立起来，以为后者妨碍了前者。贵族子弟花时间精力来弦歌声乐，不去直接从事治国理民，违背了墨家“爱人节用”之旨，所以会导致“丧天下”。法家在追求效率、唯实用是尚方面比墨家走得更远，法家有一种更富“现代性”的历史观，一代有一代的“治法”:“上古竞于道德，中世逐于智谋，当今争于气力。”[2]很显然《诗》是不能用在争于气力的当今之世的。韩非子虽然论不及《诗》，但他却十分赞扬“燔《诗》《书》而明法令”的商鞅[3]，他也把“称先王之道”的儒家学者，列为乱政害民的“五蠹”之首，以为“儒以文乱法”。[4]从韩非的理念看，《诗》《书》当在扫除之列。《商君书》更进一步，公开与《诗》《书》为敌。《诗》列“六虱”之一，又列“敌至必削，不至必贫”的十大害之首。[5]墨、法

1 《墨子·公孟》第四十八。（凡常见的诸子著作和史籍，只注书名、篇名。下同）
2 《韩非子·五蠹》篇。
3 《韩非子·和氏》篇。
4 《韩非子·五蠹》篇。
5 《商君书·农战》篇。

两家对《诗》《书》传统的质疑、抨击和诋毁，背后都存在那个时代的“现代性”理路：一切为了迫在眉睫的眼前功用，一切为了称霸富强的当下实效。在这种追求效率的逻辑下，《诗》被推到了被告席上。世人多称战国之世为百家争鸣之世，然此见实未注意到战国之世亦是斯文扫地之世。道家虽然不讲社会性的功利，但却主张个人的“得道成仙”，所以道家鼓吹的“无用之用”不及于《诗》《书》。因为《诗》《书》无补于体道悟真，它是一种多余而应该去掉的东西，道家将诗书礼乐比喻为“骈拇枝指”。在这种观念之下，《诗》《书》《礼》《乐》《易》《春秋》六经，纯粹是先王的“陈迹”。“陈迹”在庄子的定义里，并非先王有价值的遗产，而是渺小无聊之物。“夫迹，履之所出，而迹岂履哉！”[1]在庄子看来，人生在世应当求“履”而不是求“迹”。庄子没有诋毁《诗》《书》，但弦歌鼓舞、习诗识礼在道家看来只是很无聊的事情。这样，道家通过另一种言说加入到天下滔滔的非诗非礼的潮流中来，而儒家的诗论正是在回应这样的质疑、指控和挑战

1 《庄子·天运》篇。

的背景下产生的。孟子有言：“王者之迹熄而《诗》亡，《诗》亡然后《春秋》作。”[1]解诗兴起的年代正是“《春秋》作”的年代。孟子说的“《诗》亡”，并不是说诗散亡不复流传，而是说《诗》被世人废弃，它的意义遭到新起学派的轻蔑。在黄钟毁弃，瓦釜雷鸣的时势下，原本昭然的诗义诗旨被遮蔽而逐渐隐去，因而谓之“《诗》亡”。面对如此局面，儒家自觉任重道远，需要将《诗》的价值和作用阐述之，将诗义诗旨解明之。

如果将春秋至秦汉之际诸子百家就诗的争议情形作一个类比，那墨、法、道诸家无疑是站在指控者的位置，而儒家则站在辩护者的位置。前者指控，从质疑到冷嘲热讽，从轻蔑到诋毁；而后者则只有辩护，只有抗言，向世人说明事情的本来面目，维护诗礼传统的价值。身处辩护者的位置，这是儒家诗论的出发点，也是儒家解诗兴起的大语境。正如指控者有可能攻其一点不及其余一样，辩护者也有可能百般回护，过度辩解。或出于恨之切或出于爱之深，此种毛病皆难以避免。

1 《孟子·离娄》下篇。

《论语》有一句孔子关于“三百篇”思想主旨概括的话：“子曰：‘诗三百，一言以蔽之，曰：“思无邪。”’”[1]这句话颇有点儿费解。它的费解不在于字句，而在于含义。若以我们今天对于“三百篇”的了解，也有理由怀疑孔子这种说法是不是有点轻率而至于幼稚。就算以当时的道德标准看，“诗三百”里面也不见得“思想倾向”都没有问题。至少桑间濮上之辞，虽然文辞生动质朴，但衡之当时的道德标准，也存在不够“健康”之嫌。是明白如孔子没有看出问题呢，还是视而不见？以本文的看法，当属后者。“思无邪”一句，孔子引自《鲁颂·驹》。原章描写群马行走在郊野路上，步履强健。原句是：“思无邪，思马斯徂。”因为《小序》说了诗义是颂“僖公能遵伯禽之法，俭以足用，宽以爱民，务农重谷”。所以郑于此句下笺云：“思遵伯禽之法，专心无复邪意也。”[2]看来诗是用车马队专注稳健行走在路上而譬喻人能恪守先贤遗训，不为诱惑所动。思是动词，解作向往。孔子以“思无邪”来解“三百篇”

1 《论语·为政》。
2 《毛诗正义》卷二十。

的思想主旨，实在含有“三百篇”文辞承载的内容皆合于先贤道德教训的意思。“三百篇”所以可贵，在于它向往至善。向往至善，远离邪恶，“三百篇”就是这样一个典范。从这个意义上说，毁弃诗，就是毁弃德性，毁弃善。由此我们就可以理解《论语》记录孔子正面谈论《诗》的话，全部是讲诗的“有用性”的。如《论语·季氏》:“不学诗，无以言。”《论语·阳货》:“小子何莫学乎诗？诗，可以兴，可以观，可以群，可以怨。迩之事父，远之事君。多识于鸟兽草木之名。”又，《论语·阳货》:“汝为《周南》《召南》矣乎？人而不为《周南》《召南》，其犹正墙面而立也与？”即便是贵族教养，孔子的话也存在夸大其词之处。但为什么孔子要如此夸大其词？原因便在于其他诸子立说，都贬低《诗》，说《诗》的坏话。故而孔子偏要反其道而行之，说《诗》的好话。你说《诗》无用，我偏说《诗》有用。孔子为《诗》立说的角度盖出于此。孔子说“三百篇”的主旨是“思无邪”，其实是为《诗》作辩护。他的辩护是儒家历史上第一声辩护，也是最重要的辩护。孔子从德性的角度肯定《诗》的价值，这与其他诸家急功近利而弃诗毁诗之见相比，境界显然不同。当然如果探索"三百篇"，纠问是否每一篇都充盈着正面的道德意义，那也不见得都如此。孔子的辩护无疑有点儿过度，但由他奠定的解诗方向，倒是一直为后来者遵循，构成儒家诗学的一个基本内容。《韩诗外传》载子夏概括《诗》的主旨，与他的老师有异曲同工之妙。子夏说："《诗》之于事也，昭昭乎若日月之光明，燎燎乎如星辰之错行，上有尧舜之道，下有三王之义。"[1]《诗纬·含神雾》云："诗者，天地之心，君德之祖，百福之宗，万物之户。"[2]

如果孤立地看上述先儒关于《诗》的阐述，常有过犹不及之感，但明白了他们当日作为辩护者的处境，就会理解他们之所以着眼《诗》与道德的联系，就会了解他们百般争辩甚至曲为之护的苦心孤诣。儒家不愿别人讲《诗》的坏话，他们当然只讲好话，而这好话有时讲得过了头。例如，齐人高子认为《小雅·小弁》是"小人之诗"，因诗中对血亲有怨愤之情。孟子不同意高子的解释，以为诗中之怨适足表明其仁孝。"《小弁》之怨，亲亲也。亲亲，

1 《韩诗外传》卷二。
2 《诗纬·含神雾》。

仁也。”孟子还举了个例子来证明。他说，如果一个南蛮越人被执弓而射之，自己看见了，也只有谈笑置之；但如果自己的兄弟被人执弓而射之，则会垂泪哭泣。这是因为前者疏远而后者亲密。[1]照理类推，《小弁》之怨，当然更反证明其亲密仁孝。孟子以好辩称著，但无论如何好辩，其是非一定要以文本为依据。《小弁》共八章，全诗以第一人称的口吻对自己遭受不公正的处罚和国家的灾难表示强烈的愤怒之情，并提出严厉的责问，类似于屈原《离骚》之怨。《小序》追溯到诗的本事，以为“刺幽王也，大子之傅作焉”。孔颖达《正义》云：“太子，谓宜咎也。幽王信褒姒之谗，放逐宜咎。其傅亲训太子，知其无罪，闵其见逐，故作此诗以刺王。”[2]孟子没有提到《小弁》的本事，但显然同意诗的怨恨和责问的对象是血亲。诗的第一章有云：“民莫不穀，我独于罹。何辜于天？我罪伊何？心之忧矣，云如之何？”质问之严厉，远远超出了孟子所谓“亲亲”的

1 引文均见《孟子·告子》下篇。此段原文是：“有人于此，越人关弓而射之，则己谈笑而道之。无他，疏之也。其兄关弓而射之，则己垂涕泣而道之。无他，戚之也。”

2 见《毛诗正义》卷十二，《十三经注疏》上册第452页，中华书局影印本，1979年版。

范畴。诗的末章简直把责问的对方看成不齿的盗贼，并表示决绝的姿态："无逝我梁，无发我笱。我躬不阅，遑恤我后？"孟子承认《小弁》有怨，但又从动机入手，为其正面的道德意义辩护。他的辩解从辩的角度看是高明的，但显然超出了文本允许的范围，属于过度辩护。高子以作者为"小人"。作者是否可戴上高子的帽子，此处姑且不论，但他起码看出诗的怨恨和责问与正面的道德意义是有距离的。因怨怼悖德而给它贴上"小人之诗"的标签，这是孟子所不允许的。理由很简单，这样解释会动摇《诗》的尊严，动摇《诗》的地位，正好帮了指控者的忙。《诗》之不适应天下滔滔的功利年代，已经为越来越多的后起之士所承认，如果再加上无耻的"小人之诗"的罪名，那情何以堪？那不是正好说明诗需要被废弃吗？好在诗不是直陈指事，解释者可以从容辩解，而这正是儒家诗论在那样的年代需要做而且必须做的事情。

二

远在儒家解诗兴起之前，诗已经作为"神圣文本”在其时的贵族上层社会广泛流传，那个时代的用诗方式除了教育传授之外，见诸文献的方式，就是赋诗和引诗。诸侯国的公卿士大夫在朝聘、会盟、宴享之际，视场合和自己要表达的意思从诗篇中取出某篇章而风颂之，对方也以同样方式应答，以完成应酬、社交的环节，达到敦睦邦谊、表达意图和其他目的。这就是春秋时期“赋诗言志”的风习。[1]而引诗则是在王侯公卿士大夫的言对论说之际，引述诗章诗句以加强自己论点的说服力。孔子“不学诗，无以言”的话[2]，也是对那个优雅而重文的时代的一种回响。在赋诗和引诗的年代，诗作为“神圣文本”的地位虽然得到公卿贵族的认同，但有教养的公卿士大夫均能明白诗义、究明诗义的理性的讲论活动并未出现，也许那个时代并不需要这样的讲论活动。公卿士大夫们都是将诗“断章取义”而用之。或者可以这样说，诗义是被“箴言化”和“语录化”而被理解的。“断章取义”的用法，直接导

1 班固《汉书·艺文志》对赋诗的说法可以参考：“古者诸侯卿大夫交接邻国，以微言相感，常揖让之时，必称诗以谕其志。盖以别贤不肖而观盛衰焉。”

2 《论语·季氏》。

致了诗篇的“箴言化”和“语录化”。换言之，“断章取义”与“箴言化”“语录化”两者是相辅相成的。“断章取义”在诗的地位得到认同和诗义大明的时代或许不成问题，但在诸子百家兴起之时的非难诗的年代，就显示出它的局限性。因为在诗书传统逐渐衰落的过程中，如下简单的问题就会突显出来：这首诗到底是说什么的？那首诗的诗义何在？因为章句的运用并不代表对诗篇诗义的恰当理解；更进一步，恰恰是那种只求活用章句的风习使得一首诗的完整意义转而暗昧不明。为了维持诗书传统绵延不坠，必须使诗能够在充满非难和轻蔑的环境中，一代又一代传承下去，舍究明和厘定每一篇的篇意别无他途。因为只有这样才能使典籍的传授脱离有敌意的社会氛围的影响而变得理性化。我们看到，在赋诗逐渐衰落而引诗在公卿士大夫言对时也不时髦之际，儒门师生之间讲论和切磋诗义的活动悄然兴起。

《论语》记孔子讲论篇意只有一处：“子曰：‘《关雎》乐而不淫，哀而不伤。’”[1]这虽为儒门关注篇意

1 《论语·为政》。

的确证，但却有孤证不立之嫌。不过配合《论语》中孔子和门弟子谈论诗的记载[1]，可以证明篇意的讲论确实由孔子发端，后大行于儒门师生之间。《孔丛子·记义》篇记孔子读《诗》及于《小雅》，喟然而叹，说了一大段关于诗各篇篇意的话。[2]在这段颇长的话中，孔子以表露读诗心得的口吻，依次谈到的诗有《周南》《召南》《柏舟》《淇奥》《考槃》《木瓜》《缁衣》《鸡鸣》《伐檀》《蟋蟀》《下泉》《七月》《东山》《狼跋》《鹿鸣》《彤弓》《羔羊》《节南山》《蓼莪》《楚茨》《裳裳者华》《采菽》。所谈论到的诗相比“三百篇”，不能算多，但足以使我

1 如《论语·学而》，子贡引《卫风·淇奥》“如切如磋，如琢如磨”，问是否可当孔子说的“贫而乐，富而好礼”之意，孔子大加首肯。《论语·八佾》，子夏求问《卫风·硕人》“巧笑倩兮，美目盼兮，素以为绚兮”的意思，孔子给予解释。《论语·阳货》，孔子劝伯鱼学《周南》《召南》。可见儒门当年确有讲论《诗》的活动。

2 《孔丛子》一书，署孔子九世孙孔鲋作。但有学者以为《孔丛子》是托伪之书，不可征信。（见罗根泽《孔丛子探源》。罗氏定之为伪书。《古史辨》第三册，上海古籍出版社，1982年版）但由于上海博物馆藏楚竹书《诗论》的发表，似有必要重新看待《孔丛子》中某些篇章记载的可信性。（见黄怀信《〈孔丛子·记义〉孔子诗论解义》一文，载《上海博物馆藏战国楚竹书〈诗论〉解义》，社会科学文献出版社，2004年版）

们意识到，当年儒门师生之间确实存在过一个给每一篇诗厘定篇意的讲论活动，而且这种讲论活动累代相传。综合看来，孔子对诗篇意的论定，首重发掘其道德教诲的意义，其次是揭示其先贤典范的意义。例如，孔子云："吾于《周南》《召南》，见周道之所以盛也；于《柏舟》，见匹妇执志之不可易也；于《淇奥》，见学之可以为君子也；于《考槃》，见遁世之士而不闷也；于《木瓜》，见苞苴之礼行也；于《缁衣》，见好贤之心至也；于《鸡鸣》，见古之君子不忘其敬也。"以《鸡鸣》为例，这是《齐风》中一首对话体的短诗，仅三章，章四句。对话的情景在清晨夫妇之间。丈夫见天色将亮，谨记鸡鸣当上朝，而妻则贪眠辩称不是鸡鸣，是"苍蝇之声"。她要"甘与子同梦"，而丈夫则答曰"会且归矣，无庶予子憎"。照语气看，诗中的丈夫似是王公或公卿一类的人。正因为他克己勤政，孔子才说"见古之君子不忘其敬"。所谓敬，当指敬业勤政。

这种论定篇意的方式，应该说比起"断章取义"式对诗章句的发挥，进了一大步。它以一首诗为意义单位，追求确定其篇意，不像赋诗、引诗，取其中章句任意发挥。不过儒门的讲论依然是只说好话，不说坏话。凡论定篇意皆往好处说，往道德高尚、典范光辉处说，遇有于诗本义不能圆融浑恰之处，势不得不为之强辩，所以亦存在“过度辩护”的毛病。例如孔子谈到《伐檀》，说“于《伐檀》，见贤者之先事而后食也”。《魏风·伐檀》抗议人生不平的义愤十分明显，对“君子”的怨愤和不齿也跃然纸上。全诗三章末句均以“彼君子兮，不素餐兮”的反讽作结。可是孔子却把它解成“先事而后食”，意为诗篇赞美君子的辛劳勤奋。这可以说完全解偏了，不过我们有理由相信这不是一般的错解诗篇，而是有意为之。因为儒门要维护这个流传文本的权威地位，而那时儒家解诗所谓“变风”“变雅”的说法还未出现，只能够强词而曲为之辩。无独有偶，孟子在谈到《伐檀》时也继承他师祖的说法，可见儒门诗的讲论是代代相传的。公孙丑问：“《诗》曰：‘不素餐兮’。君子不耕而食，何也？”孟子答曰：“君子居是国也，其君用之，则安富尊荣；其子弟从之，则孝悌忠信。‘不素餐兮’，孰大于是？”[1]孟子用

1 《孟子·公孙丑》上篇。

儒者之能事来回答公孙丑“不耕而食”之问。君子既有能事，也就不能说“不素餐”。但是孟子的回答回避了公孙丑的疑问中包含的对诗意的迷惑，用转移论题的方法遮盖了《伐檀》的愤怒和抗议。

楚竹书《诗论》有1 006字，是目前可以读到的最为完整的儒门讲论诗义的文字。既有总论诗义，又有分论《国风》《雅》《颂》，更有解释各篇的篇旨篇意。《诗论》谈论到篇目，有65篇之多。关于篇意，既有孔子的遗教，又有儒门师生之间的问答。其中有6处地方为孔子语的引文，《诗论》师承孔子对篇意的论定，无可怀疑。[1]值得我们注意的地方是《诗论》的第一章为问答体。它总是设定问句："某篇的某问题，如何解？”例如，“《关雎》之改，曷？”“《缪木》之时，曷？”“《广汉》之智，曷？”[2]等，然后接着的是一段对设问的解答。这种

---

1 《诗论》经过学者整理，分为十三章。当初由整理者上海博物馆马承源先生题篇曰《孔子诗论》。后来发现内容并非全部是孔子语，现在一般通称《诗论》。《诗论》五章的起始为“孔子曰”，加上另一章当补“孔子”两字，共有六章是孔子语的引文。

2 本文所引《诗论》的文字，均见马承源主编《上海博物馆藏楚竹书》第一册，《孔子诗论》，上海古籍出版社，2001年版。下同。至于文字考释，则斟酌各家，择善而从。

问答体显然反映出师生讲论的痕迹。设问都是拈出一首诗最重要的意旨所在，凝聚为疑问。所疑之处确定了，求解也就有了一个方向。这个疑问是不是真的是弟子提出来的并不重要，重要的是这个关于篇意所设定的疑问，成为解诗的轴心，求解活动围绕着这个轴心来进行。在篇意的论定中，《诗》保持了它道德教诲、先贤典范乃至人生智慧源泉的地位。例如，“《甘棠》之保（报），《绿衣》之思，《燕燕》之情，曷？曰：童而皆贤于其初者也。……《甘［棠］》［思］及其人，敬爱其树，其保（报）厚矣。甘棠之爱，以召公［之故也］。”原文中之“保”字当读为何字，诸家有不同看法。[1]《甘棠》出《召南》第五篇，是三章，章三句的短诗。诗人以后来者的口吻，怀念召公为国人立下的勋业，见到召公当年曾歇息劳作其下的甘棠如今长得繁盛茂密，不禁发出“勿翦勿伐”“勿翦勿败”“勿翦勿拜”的吁叹。按照文本，说篇意为思念或怀念先贤是比较恰

1 饶宗颐谓“保”训为“养”；颜世铉谓“保”可读为“服”；姜广辉谓“保”读为本字“保”，意为“保民”；李学勤读为“报”，黄怀信从之。（见《上海博物馆藏战国楚竹书〈诗论〉解义》第40页，社会科学文献出版社，2004年版）本文以为读为“报”较合理，故跟从。

当的。但讲论者将之提升为“报”，就含有了返本报恩的意义，符合饮水思源、崇本报恩的道德教诲。可见讲论者关注的多是诗里面可能包含的道德内容。这与第二章孔子论《甘棠》的话，有异曲同工之妙。《诗论》第二章孔子说：“吾以（于）《甘棠》，得宗庙之敬。民性固然，甚贵其人，必敬其位；悦其人，必好其所为。”孔子强调《甘棠》的敬宗庙，表面看与第一章的解有所不同，但孔子说的“宗庙之敬”显然不是念兹在兹之敬，而是饮水思源、崇本报恩之敬。[1]因此它们的差异只是用词上的差异，在肯定《甘棠》报恩的道德价值上是一致的。孔子在“宗庙之敬”中强调的是追慕前贤，思所返报。他把感恩报德之情说成是与生俱来的“民性”，将《诗》解作这种纯厚的“民性”的天然流露。

像《甘棠》的作者感慕前修一样，孔子对诗充满了爱慕、崇仰的感情。《诗论》第七章记载孔子曰：“《宛丘》吾善之，《猗嗟》吾喜之，《鸤鸠》吾信

1 黄怀信以孔子论《甘棠》，为与第一章作者“立意不同”，似为未妥。见《上海博物馆藏战国楚竹书〈诗论〉解义》第41页，社会科学文献出版社，2004年版。

之,《文王》吾美之,《清庙》吾敬之,《烈文》吾悦之。”他把对诗篇的篇意的理解和自己对这些篇章的满怀敬意融为一体，我们简直分辨不清他是在解诗还是在表达自己。善、喜、信、美、敬、悦，凡是我们能够向人或事物表达正面感情的最好词汇，孔子都用上了。这仅仅在说《诗》吗?也许我们在这里要强行分辨是没有意义的，我们理解了《诗》在孔子以及诸弟子及儒门心目中的分量，也就可以进一步理解他们的解诗方式。

三

儒家之解诗，既是对一个诗篇文本的解读，也是透过这样的释义活动建立起一个关于诗的意识形态。这后一个论诗的目的并未公开说出来，它是绵密无间地灌注在儒家历代说诗者的释义活动中的。一面要建构起一个关于诗的意识形态，另一面要进行诗文本的解释。这两者有时会发生不咬弦的情形，因为不见得每一首诗都能纳入理论的建构中。孔子说“诗三百”均是“思无邪”，然落实到每一文本，人们或许要问，每一篇诗都当得起“无邪”之誉?

于是，篇章的解说就发生了偏离理论最终趋向的情形。例如《诗论》第五章有“《[君子]阳阳》少(小)人”[1]的话。这首短诗勾画了一个快乐而偏于轻浮的“君子”手持乐器招友朋同乐的情形。诗篇对这种浅薄的快乐隐有微辞，叹曰:“其乐只且!”说诗者或许觉得难以从正面道德意义的角度肯定它，所以定它的篇意为“小人”。不从正面的道德价值去肯定一首诗，这在《诗论》中不多见，但也说明解诗活动的理论意图并不总是贯彻在每一诗的篇意解说中的。它同所有“过度解释”一起，给后来者留下了圆转补充的空间。比如这首《君子阳阳》,《小序》就说它“闵周也”，以为哀悯周的衰落，赋予诗正面的道德含义。

《诗大序》揭出“变风”“变雅”的说法，就是为了弥补解诗的理论意图与单篇释义之间可能出现的偏离而创造出来的。这种说法在理论上极其巧妙，因为它能够把前儒解诗活动出现的漏洞补起来，使得单篇的释义与建构诗的意识形态的理论意图完整

---

1 阳阳，马承源的考释为《大雅・荡》篇之名。李学勤补前残缺之文[君子]，成君子阳阳，是《王风・君子阳阳》之篇名。言之成理，故从李说。

无缺地密接起来。说诗者通过把缺乏正面道德教诲内容的诗篇列为“变体”，说它们是刺诗。而刺诗虽然描写不符合正面道德价值的人或事，但它们的目的不在宣扬这些不道德的人或事，而是含了一个讽刺的意图在其中，或者说它的目的在于讽刺，因此归根到底还是隐含了正面的道德价值。结论就是属于“变风”“变雅”的诗，还是值得肯定的。儒门创出这种弥缝补漏的说法，与孟子为“《小弁》之怨”所作的辩护如出一辙。毛诗的大小序是这方面一个总结，它的出现也代表了儒门对诗篇意的论定达到完全成熟的阶段。

《诗大序》有云："至于王道衰，礼义废，政教失，国异政，家殊俗，而变风、变雅作矣。"[1]变是相对于正而言的，按照《诗大序》此处的文意，正风、正雅当作于政通人和、歌舞升平之世。由于一个正的世界令人遗憾地衰落下去，代之而起的是一个道义乖乱的变异了的世界。在这个反常的世界里当然

1 今传《毛诗》前有序文，惯称大小序。为何人所作，并无定论。要之成于战国秦汉之际。关于作者，可参考《四库全书总目提要》卷十五，经部十五诗类一，《诗序》提要。引文见《毛诗正义》卷一，《十三经注疏》上册第271页，中华书局影印本，1979年版。

就不会有德义畅然的诗歌，只能有那些吟诵这个反常世界的变风、变雅。显然诗序的作者是把变风、变雅出现的原因归咎于社会的变化而不是诗人自身。相反，诗人自身却是清白的。为什么呢？因为他们的意图是善的。他们是描写了一个堕落的世界，但他们却意在匡正和挽救这个世界，使它再次回到道德的常轨上来。正如《诗大序》所说："国史明乎得失之迹，伤人伦之废，哀刑政之苛，吟咏情性，以风其上。达于事变而怀其旧俗者也。故变风发乎情，止乎礼义。"孔颖达《正义》解得相当恰当："变风所陈，多说奸淫之状者。男淫女奔，伤风败俗，诗人所陈者皆乱状淫形，时政之疾病也。所言者，皆忠规切谏，救世之针药也。"[1]陈述"乱状淫形"的诗，因为存了个"忠规切谏"的意图在内，于是就获得了"救世之针药"的正面道德意义。应该说，这个巧妙的辩护挽救了"三百篇"中很多的诗，使它们免受礼教大行之世陈述"乱状淫形"的谴责。[2]

1　正文与孔疏均见《毛诗正义》卷一，《十三经注疏》上册第271、272页，中华书局影印本，1979年版。

2　《毛诗》305篇，小序云刺某事或刺某人的诗共有129篇，多于百分之四十。又见朱东润《中国文学批评史大纲》第13页，上海古籍出版社，2001年版。

还可以进一步推测，变风、变雅的说法可能与孔子“兴群观怨”的说法有联系。[1]尽管以现有的材料看，孔子并没有就解诗的理论意图与单篇释义的矛盾说过多的话，但他诗可以观、可以怨的看法必然对后儒有所启发。可以观就意味着不论诗篇吟咏的是政通人和的德义之音还是伤风败俗的淫奔之行，观者皆可以站在置身事外的立场了解它们和认识它们，这是对观者有益的事情；而可以怨则意味着诗人有正当理由在诗里陈诉偏离道德教诲的怨忿之情。这种对诗的理解表明孔子解诗持有宽宏大度的胸怀，尽管他要求并且期望诗要具有道德价值，但是他也意识到凡事不能太过苛刻，不能刻板到眼不容尘的程度。孔子对诗的宽容态度，已经创立下了一个范例。与柏拉图对诗的态度相比，两人相去甚远。[2]孔子宽容的立场一定会给予后儒积极的影响。在单篇

1 郑玄直接将“变风”“变雅”的发明归于孔子。见《诗谱序》：“故孔子录懿王、夷王时诗，迄于陈灵公淫乱之事，谓之变风、变雅。”《十三经注疏》上册第263页，中华书局影印本，1979年版。

2 柏拉图主张驱逐诗人出理想的德义之邦，因为诗有不敬神、亵渎英雄之嫌。见《理想国》，郭斌和、张竹明译，商务印书馆，1986年版。

释义中发现有的诗篇其本旨不能简单地纳入正面的道德价值范围的时候，转而从诗人的意图方面肯定其意义，一来维持了诗的正面的道德形象，二来缝合了单篇释义与理论建构的裂痕。变风、变雅的说法是孔子诗可以观、可以怨的看法的进一步的发展。

变风、变雅之说，固然是《诗大序》对“三百篇”的一种解释，但它同时也是一种关于诗的规范理论，甚至可以说它着眼于解释诗的地方要少，而着眼建立起一个诗的规范理论的地方要多。古往今来凡是独标新义的诗学理论，在对作品释义的同时，亦都期望建立一些理论原则，以规范、约束潜在的诗人和诗歌，儒家的诗论也不例外。变风、变雅的说法，在给“三百篇”中某些道德上可疑的诗篇一个正当的“名分”的同时，也意味着儒家诗论要求那些潜在的诗人和诗至少要合乎这个“名分”的规范，不能逸出其中的道德界线。“发乎情，止乎礼义”，说的既是变风、变雅，同时也呼吁和要求无数潜在的诗要符合这一规范，否则就不成其为诗。儒家对诗算是宽容的，但也不会宽容到对诗不加以道德约束的地步。“发乎情”意味着诗人吟咏的对象可以宽松，用现代的语言表达就是，写什么的边界可以宽广；而“止乎礼义”意味着作者一定要存一个善的意图，怎么写则一定要有道德的底线。换言之，德性可以不是诗的最高标准，但必须是最低标准。因为只有这样诗才能负担其应有的社会责任。在《诗大序》的解诗里，我们看到诗篇释义与建立规范理论之间的紧密联系。诗篇释义是一个手段，而建立规范的诗论才是根本目的。

四

要理解儒门透过解诗而建立关于诗的规范理论意图，则不得不讨论“四始”特别是《关雎》的义解及其地位问题。在笔者看来，这是一个未决的悬案。从诗艺的角度看，《关雎》甚至算不上足够水准的好诗，充其量在二三流之间吧。这样一首诗艺平平的诗被儒门说诗者置于如此重要的地位，始终处于早期诗论史的核心位置，垂范久远。这现象至少是我们应当加以说明的。而“四始”是太史公谈到孔子晚年删削、编订《诗》的时候提出的。本意是指出《诗》“风”“小雅”“大雅”“颂”四部分的首篇和篇目的确定包含了孔子本人的深意，不是偶然随意所为。如果厘定首篇不是出自孔子本人的意图，也是秦汉之际儒门说诗者所斟酌确定的。其目的在于透过编目排序隐含说诗者倡导的价值观，使习者一目了然。讨论这个当年儒门解诗的“四始”问题，必须对这四首诗的篇意有透彻的了解，尤其是《关雎》。由于五四以来解释“三百篇”，完全否定了“神圣文本”的立场而将之视作世俗民谣，“四始”问题随之被遮蔽，沉入了无声的世界，或视古人为荒谬幼稚，多此一举。故笔者此处特为拈出，为古人张目，亦为滔滔之世聊备一说。

孔子对《关雎》抱有异乎寻常的热情。它是唯一一首《论语》提到“三百篇”有篇名的诗。《论语·为政》记孔子赞扬它中道有节的美德：“《关雎》乐而不淫，哀而不伤。”孔子听完该诗的吟诵后深情感叹：“《关雎》之乱，洋洋乎盈耳哉！”[1]孔子既欣赏它美妙的声乐，也钟爱该诗表达的他以为隐藏着的不同凡响的妙意。孔子如此青睐《关雎》，固然是诗里面事象和价值引起孔子对它的特别感情，尽

---

1 《论语·泰伯》。

管文献没有直接提到孔子特别垂意于《关雎》的原因。根据司马迁《史记·孔子世家》的说法，孔子晚年删定“三百篇”，定下“四始”的纲目：“及至孔子，去其重，取可施于礼义，上采契后稷，中述殷周之盛，至幽厉之缺。始于衽席，故曰：‘《关雎》之乱以为风始，《鹿鸣》为小雅始，《文王》为大雅始，《清庙》为颂始。’”[1]孔子离鲁去国周游十有四年而返国，他对时政极度失望之后所从事的诸事业中，删诗而定“四始”排列在第一项。若司马迁所言不虚，则“四始”是孔子定下来的名目；若所言不实，就是后儒从孔子对《关雎》的特别垂意中发掘出来的。要之《关雎》在儒家诗论中占据特别的地位，具有特别的重要性，在孔子的年代就已经发其端绪。

1 见《史记·孔子世家》。“四始”有两说，一是司马迁，一是《诗大序》。《诗大序》对“四始”另有讲法，以为“风”“小雅”“大雅”“颂”是“四始”。两者的讲法大相径庭。司马迁讲的是《诗经》编订者确定“三百篇”分四部分之后定篇章的编排问题，这个编排并非随意为之，而是包含编订者所理解的深远的含义。而《诗大序》讲“四始”是解释“三百篇”何以分“风”“小雅”“大雅”“颂”四个部分，并解明取题的立意。这两种“四始”讲法的含义并不相同。笔者这里讨论的是司马迁解读出来并记载下来的“四始”含义。

楚竹书《诗论》产生于战国时期，当是孔子再传弟子的作品。[1]《诗论》的作者一开始就设问，提出"《关雎》之改"的问题。讲论者认为："《关雎》以色喻于礼，□□两矣，其四章则喻矣。以琴瑟之悦拟好色之愿，以钟鼓之乐（拟婚）（姻之）好，反纳于礼，不亦能改乎？"讲论者注意到这首五章，章四句，共八十字的短诗，表达了两种要素：一是"色"，二是"礼"。诗的可贵在于由"色"而进于"礼"。由"色"而进于"礼"的机枢便在于"改"。故说诗者判《关雎》的主题就是"改"，即悔过而自新之意。如果说解诗者以第四章"窈窕淑女，琴瑟友之"判为比拟"好色之愿"多少有点过分，那以第五章"窈窕淑女，钟鼓乐之"判为比拟"婚姻之好"就完全合理。这首诗确实存在"色"的要素，

1　学术界对《诗论》产生的准确时间迄今无一致认识。李学勤以为产生于战国晚期。（见《李学勤先生在清华大学"新出楚简与儒家思想国际学术研讨会"上的演讲》，简帛网站）而刘信芳和黄怀信则认为出于战国早期。（见刘信芳《上海博物馆藏战国楚简〈孔子诗论〉述学》之《〈诗论〉的作者与成书年代》一节，安徽大学出版社，2003年版。黄怀信《上海博物馆藏楚竹书〈诗论〉解义》前言之《作者及成书时代问题》一节，社会科学文献出版社，2004年版）

既言“君子好逑”[1]，又言“寤寐求之”；而当求之不

1 《毛诗正义》释“逑”为“匹”，于是“好逑”就意为君子的好匹配了。但此解令楚竹书所论《关雎》篇意为“改”无所安顿。《毛诗正义》和《诗论》对《关雎》的义解是两相冲突的。楚竹书认为《关雎》一诗有“色”的问题，而且“色”而“能改”。如此则必有文本文意方面的根据。遍索文本，则只有“君子好逑”一句和“辗转反侧”一句可循此方向索解。故笔者怀疑“逑”不作“匹”解，而另有解法。“逑”当作“勾”或“遘”解，用为动词，意思是引诱、接合，如同英文dating之意。今粤语也有此用法，且声音近似。引诱女子，粤语作“勾女”；引诱男子，作“勾佬”。而“好逑”的“好”，读为第四声，作动词用，是喜欢的意思。“窈窕淑女，君子好逑”是个并列句。淑女窈窕，女子的容貌与德行上佳，而君子却仅好女子的色，行为有失检点，有违礼制。因为求偶的初衷和方式不符合道德礼制的要求，虽然是发乎情，但却是失于色，于是才会有“寤寐求之”的过分，有“辗转反侧”的煎熬。这些都属于“色”的部分。但是，《关雎》中的君子，最后终于能够从“色”返于“礼”，改过从新，遵从礼制的要求。于是“琴瑟友之”，又“钟鼓乐之”，终于“止乎礼义”，回归正道。《诗论》将之称为“反纳于礼”，据此将篇意定为“能改”。《诗论》对《关雎》的解释其实是非常恰当的，实胜过《小序》。笔者以为，“君子好逑”一句，尤其是一“逑”字，实为通解全诗文意的机枢。笔者不从传统解法，并非意在标新立异，而是安顿《诗论》所讲的《关雎》文意。但郭店楚简《缁衣》有云：“唯君子能好其匹，小人岂能好其匹。故君子之友也有向，其恶有方。此以迩者不惑，而远者不疑。《诗》云：‘君子好逑。’”（见李零《上博楚简三篇校读记》第78页，中国人民大学出版社，2007年版）这是郑笺释“逑”为“匹”最有力的证据。《诗论》讲《关雎》篇意“以色喻于礼”“反纳于礼”“不亦能改”的关键处，（转下页）

得的时候，则“悠哉悠哉，辗转反侧”，这些趣味和举动，的确只有好“色”才能当之。然而，这首诗又别有不同，色欲的冲动并没有沿着原来的轨道一发而不可收拾，相反色欲的冲动却在第四章、第五章中奇迹般缓和下来，转入了礼仪的轨道。“琴瑟”和“钟鼓”意味着原始的本能被礼仪的要素所克制，是德容兼备的“窈窕淑女”有意致之，还是“君子”自己幡然觉悟、励德自新有意致之，诗并没有明确说出来，故我们并不用过度追究。但是诗的结尾的确暗示得非常清楚，一场多少粗鲁不文的色欲追求，最后走上了文明的礼仪轨道。可以说，《关雎》表现了礼乐对人本能的规范、约束。它是礼乐驯服色欲之诗，也是野蛮服从文明之诗。《诗论》的作者对诗意的研读训解纵有瑕疵，但对基本精神的把握还是准确的。礼乐驯服色欲，就是所谓“反纳于礼”，也就是所谓的“改”。说诗者认为，《关雎》的这个主题非常宏大、重要。“《关雎》之改，则其思□（益）

（接上页）简失十八字，儒门此解的证据，或在此处乎？《关雎》之“色”，究在何处，或者千古无解了。笔者为了使文意通达，故而作一番文辞的梳理，未知是否强作解人。总之抛砖引玉，求高明有以教之。

矣。”[1]从诗艺的角度看，《关雎》其实是一首高度简洁和省略的叙事诗，它讲述了君子由“色”而进于“礼”的过程。不过并非平铺直叙，也没有转变过程的细节，而是用指代修辞的手法，将“改”的过程尽量简略，以至于我们今天难以发现其中的蛛丝马迹。如果不是楚竹书《诗论》再现于天下，这首曾令孔子满怀深情和敬意的诗，其真义将永久沉沦。运用指代修辞将繁复的故事简化，在古诗修辞中屡见不鲜。它被运用于《关雎》叙事，实在没有什么奇怪的。

《关雎》对“色”和“礼”两种要素及其前后的转化吸引了儒家说诗者的关注，使他们更将诗的主旨定为“以色喻于礼”。孔子说“乐而不淫，哀而不伤”，其实也有这个意思。所谓“乐”就是“好逑”之乐，但它最终又是“不淫”，即不过分，因为它能够“纳于礼”；所谓“哀”，当是“哀窈窕”之哀[2]，即爱美色，但它最后又是“不伤”，因为君子能够中

1 “益”在这里是宏大、重要的意思。《诗论》作者以为《关雎》的主题是“改”，这个“改”意义非常重大。

2 毛《传》以为“哀”是哀伤之哀，郑笺谓“哀”当作“衷”，思念之意。而钱锺书据文献谓“哀”即“爱”。本文以钱说为是。见《管锥编》第一册，“关雎（五）”节，第65、66页，中华书局，1979年版。

度有节，而归于“琴瑟友之”。《关雎》叙述了君子由“色”而返于“礼”的过程，只是这个过程过于简洁而极易使人视而不见而已。毛公其生在后，那时儒门解诗者就已经不得其真义了，但《诗论》的时代《关雎》由“色”纳于“礼”的说法尚存儒门。值得注意的是《诗论》的讲法是有文本根据的，并没有像《小序》那样，只是索解“本事”，以“本事”来推知诗义。[1]应该说，“色”和“礼”两个要素都是《关雎》本身具有的，并且随着诗节奏和诗意的推进，确实存在由“色”而进于“礼”的“更易”。至于这种“更易”的分量，说诗者也许估量得过重了，因为诗并没有正面铺开对于礼乐仪式的描写，它仅仅以礼乐仪式中的某个器具——琴瑟和钟鼓——指代色欲追求的最终结局。可是，诗的表现就是这样，我们不能要求诗像《周礼》那样，涉及典章文物可以包揽无遗，详为讲解。如果我们理解了诗艺的这种特征，那《诗论》对《关雎》的解义，确实是有文本道理的。

---

1 《小序》以《关雎》的主旨为“后妃之德也”。见《毛诗正义》卷一，《十三经注疏》上册第269页，中华书局影印本，1979年版。

明白了《关雎》的文本含义，就可以进而讨论儒家说诗者从中摘发出来的“微言大义”了。一方面诗的本旨确实是由“色”而进于“礼”，但它只是一个情志的抒发，一个建立在感受基础上的风诵，并不是“高头讲章”式的阐述；另一方面儒家说诗者意识到诗的本旨意义重大，它涉及礼乐文明的根本问题。正因为这样，《关雎》一诗在古代礼乐文明中就占据了其他诗无可比拟的地位。这不是因为它对礼乐文明的根本问题阐发得好，更不是因为它的诗艺出色，而是因为它是礼乐文明根本问题的一个象征，于是自然就占据了诸诗之首的地位。当一首诗被当成文化制度的象征时，对它的估量当然是某种程度上离开文本的，但也正因为离开文本，解释的同时也就具有了对诗的规范的作用，解释同时兼具了理论规范的意味。

按照荀子的说法，礼是约束、规范人的欲望的制度安排，使礼成就人事而不是败坏人事[1]，欲望因此而被看成是礼的腐蚀性力量。一面是礼乐制度对

1　见《荀子·礼论》：“人生而有欲，欲而不得，则不能无求；求而无度量分界，则不能不争；争则乱，乱则穷。先王恶其乱也，故制礼义以分之，以养人之欲……是礼之所由起也。”

欲望的约束和规范，另一面是欲望对礼乐制度的挑战与腐蚀。诸欲之中色欲最顽强、最根本，举凡制度之衰朽、人事之腐败、人心之不可挽回，色欲往往在其中扮演主要角色。《礼记·经解》说："昏姻之礼废，则夫妇之道苦，而淫辟之罪多矣。"可见古人对色欲之危害礼乐制度是有充分认识的。正因为这样，礼乐制度就有很重要的方面是针对色欲的，对色欲加以约束和规范。这些专门针对色欲的礼乐制度就成了整个礼乐制度的基石。《礼记·昏义》："夫礼始于冠，本于昏，重于丧祭，尊于朝聘，和于射乡，此礼之大体也。"在古人冠礼、婚礼、丧礼、相见礼、射礼和乡饮酒礼诸礼之中，婚礼居于"本"的地位。道理在于"男女有别，而后夫妇有义；夫妇有义，而后父子有亲；父子有亲，而后君臣有正。故曰：昏礼者，礼之本也"。[1]婚礼是诸礼的基石，一来因为它寓含"天地合而人之始"的意义。这里说的人不是生物意义的人，而是道德意义的人，所以夫妇之义兼含父子之亲，也兼含君臣之正。二来因为婚礼及其德义针对的是礼乐文明最具破坏性、

1 《礼记·昏义》。

最具颠覆性的色欲。如若色欲横流，则人道的世界将返回孟子说的“禽兽”的世界。《礼记·郊特牲》一段话最能综括婚礼这两方面的意义：“天地合而后万物兴焉。夫昏礼，万世之始也。取于异姓，所以附远厚别也。币必诚，辞无不腆。告之以直信。信，事人也。信，妇德也。壹与之齐，终身不改。故夫死不嫁。男子亲迎，男先于女，刚柔之义也。天先乎地，君先乎臣，其义一也。执挚以相见，敬章别也。男女有别，然后父子亲。父子亲，然后义生。义生，然后礼作。礼作，然后万物安。无别无义，禽兽之道也。”

那些对礼乐传统充满敬意的儒家说诗者，当然不想见到人道的世界倒退回“禽兽”的世界。礼乐德义是一条底线，这是他们必须坚守的。坚守礼乐德义的底线，就是坚守文明的底线。于是，他们对《关雎》一诗表现的“色”与“礼”的因素特别垂意，尤其肯定它“反纳于礼”而“能改”的主旨。由此我们可以推测孔子对《关雎》充满深情赞叹的原因。首先是这首短诗取材于礼乐制度的基础事实，用今天的话说就是“重大题材”；其次是诗对人心人性存了一种“不唱高调”的理性悟解。声色之好，谁人无之？然发而能悟，悟而能止，止而能改，是为君子。最后短诗对中道有节的德性和礼仪洋溢着由衷的赞美，用今天的话说就是弘扬了“主旋律”。由诗艺的观点看，孔子及其儒门对《关雎》的垂顾和发掘，实在是“卑之无甚高论”，然而却不得不承认，这种对诗的理解是植根于中国文明的土壤和传统的。

以新文化运动为分界线，《关雎》这首短诗有着截然不同的命运。五四之前的古代批评史上还没有哪一首诗或哪一篇作品被置于如此崇高的位置。如果要作一个类比，或许可以说它相当于《摩西五经》的“十戒”在犹太教中的地位，或相当于《马太福音》所讲的耶稣“登山宝训”在基督教中的地位。而五四之后，它就被目为一首普通的爱情诗。在《诗经》的爱情诗里，它不算最好，也不算最差，一般而已。更重要的是，随着诗意被重新解说，前儒《关雎》义解的说法，也随之被目为迂腐、荒唐、牵强而弃之不顾。[1]一代有一代的解读，

1 顾颉刚以为诗序是汉儒的“乱说”，充满“附会”。（见《诗经在春秋战国间的地位》，《古史辨》第三册第310页）郑振铎说：“《毛诗序》算是一堆最沉重，最难扫除，而又（转下页）

或许常理就是如此。不过本文以为不能简单地抛弃前人的解释，因为那是放过了认识儒家诗论起源的好机会。早期儒家对《关雎》的释义其实是一个非常好的个案，显示了他们如何通过解释一首诗来建构一个关于诗的意识形态。由战国至汉武帝独尊儒术之前的文化学术气氛中，儒家处在一个被诋毁、攻击的不利处境，他们要为诗辩护，也就要为文武周公留下来的礼乐文化的传统辩护。这个辩护要附之以具体的正面的解说，而且这种对于诗的具体而正面的解说是要能够接通儒家所要传承的上古礼乐文明的。《关雎》刚好被挑选出来，充当了这样的角色。

因为建立一个关于诗的意识形态，说诗者势必不免将他们意识到的文化意义附加到诗意之上。换言之，他们会忽视诗情志之抒发和感受之风诵的一

（接上页）必须最先扫除的瓦砾。”他举《关雎》《月出》《泽陂》为例，问道：“我真不懂，同样的三首情诗，意思也完全相同的，而其解所含的言外之意却相差歧得如此之远？”（见《读毛诗序》，《古史辨》第三册第385、393页，上海古籍出版社，1982年版）中国文学批评史著作，如朱东润、郭绍虞、罗根泽本，均无讨论儒门《关雎》之义解。

面。[1]《韩诗外传》一段托名孔子答子夏《关雎》何以置《国风》始之问，说得很明白："《关雎》之道也，万物之所系，群生之所悬命也。河洛出书图，麟凤翔乎郊。不由《关雎》之道，则《关雎》之事，将奚由至矣哉？夫六经之策，皆归论汲汲，盖取之乎《关雎》。《关雎》之事大矣哉！冯冯翊翊，自东自西，自南自北，无思不服。子其勉强之，思服之。天地之间，生民之属，王道之原，不外此矣！"[2]一首诗被冠以"天地之基"的意义[3]，至少在中国文学史上属绝无仅有，在世界文学史上恐怕也是仅见。说诗者的说法显然是夸张了，他们的评说超越了文本允许的范围。但是这样的抬举又并非完全是胡说，如果我们承认礼乐制度与人的欲望存在某种紧张关系，而作为一种文明体制，礼乐总要约束和规范欲望，那《关雎》一诗对这种紧张当有一定程度的涉及，并且诗的主旨是站在礼乐文明的立场，暗示由

1 《毛诗序》说"《关雎》之义"为后妃"乐得淑女，以配君子，忧在进贤，不淫其色；哀窈窕，思贤才，而无伤善之心焉"。见《毛诗正义》卷一，《十三经注疏》上册第273页，中华书局影印本，1979年版。

2 《韩诗外传》卷五。

3 《韩诗外传》卷五。子夏叹曰："大哉《关雎》，乃天地之基也。"

"色"到"礼"的回归。况且说诗者的夸张是有意义的，这是儒家说诗者在礼义衰微、诗书废弃之世为诗辩护的一个部分，其意义在于捍卫诗的人文价值，捍卫诗在礼乐传统中的地位。

太史公认为孔子定"四始"，而人伦"始于衽席"可以说是"《关雎》为风之始"的含义，但其他三始其义何在，太史公并没有给我们留下儒门说诗的看法。不过，通过篇意的探究，大致可以推知其轮廓。《鹿鸣》一诗，《小序》说其意是："宴群臣嘉宾也。既饮食之，又实币帛筐篚，以将其厚意。然后忠臣嘉宾，得尽共心矣。"古人宴飨是礼乐制度的一大科目，其道与政治相通，是君臣上下和洽，同心戮力的表现。这就是《小序》说的"共心"，不独只是饮食应酬的口腹之欲。《礼记·乡饮酒义》曰："乡饮酒之义，立宾以象天，立主以象地，设介、僎以象日月，立三宾以象三光。古之制礼也，经之以天地，纪之以日月，参之以三光，政教之本也。"《鹿鸣》所歌的"我有嘉宾，鼓瑟鼓琴。鼓瑟鼓琴，和乐且湛"，指向了政治追求中庸和睦的最高境界，适宜其诗的编订者以此作为《小雅》的首篇。歌《鹿鸣》让王侯、臣工、四方嘉宾了悟、体会、温习什么样的政治境界是值得追求的，明白切勿放纵任何一方一己私欲的道理。至于《大雅·文王》一诗，《小序》云："文王受命作周也。"在儒家说诗者的眼里，这首诗是关乎周的王统的严肃性与合理性的，不能含糊。孔颖达《正义》曰："言受命作周，是创初改制，非天命则不能然，故云'受命，受天命也'。"在祖述周德之美、历言周政国家大事的诗里，《文王》居于首位，是顺理成章的。《清庙》是祭祀文王的祭歌。郑玄笺曰："其作在周公摄政，成王即位之初。"这段时间，在周的历史上是武事过后，文事大兴，正当太平德洽、颂声由下而作的全盛时期。正如孔颖达《正义》曰："王功既成，德流兆庶，下民歌其德泽，即是颂声作矣。"同样是歌功颂德，儒家还是要讲究颂自上作还是颂自下作，是自吹自擂还是真的值得称颂。周公成王之时，正是周德大盛，以致"下民歌其德泽"。这时的颂声，最为应运自然，最为雍容大气，不但颂得其时，也颂得其所。儒家说诗者选中《清庙》代表颂体之中淳厚正道的颂声，应该说还是潜藏了深意的。它同日后鲁莽自大的统治者自吹自擂的颂声，不可同日而语。

《关雎》《鹿鸣》《文王》《清庙》四首诗，分别排在风、小雅、大雅、颂四体之首。《关雎》指向天地人道的始基；《鹿鸣》描绘出施政追求的最高期待与境界；《文王》申述了人间政统创初改制的严肃性与合法性；而《清庙》肯定了政通人和与雍容淳美的赞颂之声。这"四始"就是古代世界天道自然、人道伦理的宇宙秩序，它们表明了天地和人间秩序的最高法则。诗文本经过儒家说诗者这样的发掘，也就成为"诗教"名副其实的典范教本。

五

如果用最简洁的语言概括儒家建构起来的诗论命题，那当然是舍"诗言志"而无所表述了。我们虽然不能说这个命题来源于字源学的解释，但它确实存在着字源学的根据。这一点已经为前辈学者所承认。[1]在汉字里，"诗"确实是由"言"和"志"所合成的，意味着"诗"就是表达出来的"志"。一个主词和一个命题陈述的意思具有如此巧妙的意义

1　朱自清、杨树达、闻一多皆以为有字源学上的道理，宇文所安以为是伪字源学。后者恐怕不确。

重合，这肯定不能完全归于某个学派的主张，它意味着文字所表达的意思有比学派主张更为深广的文化积淀。就“诗”这个字而论，它意味着在中文脉络里面，诗是被置于说出来的言词与说者的内心世界之间的关系里而让人们观照、领悟和认识的。舍弃了这种关系，就没有办法谈论诗，诗也就无所索解。故此笔者将儒家建构起来的诗论称作诗志论。以诗明志，诗志互通，以志解诗。这种对诗的理解与古希腊语文中潜藏着的意思，视诗为一种工匠的制作的观念，形成鲜明的对照。[1]不过，在言词与说者的内心世界之间关系的框架下理解诗是一回事，字典意义上诗为“言志”之偏旁组合又是另一回事。前者包含更大的谈论空间，而后者则是一个含义固定的词义解释。“诗”这个字出现在“诗言志”这个命题之前[2]，这表明儒家说诗者遵循了文字所拟定的语文脉络理解诗。从“诗言志”命题的演变来看，

1 宇文所安：《中国文论：英译与评论》第26页，上海社会科学院出版社，2003年版。

2 据朱自清的考订，“诗”这个字不见于甲骨文、金文，《易经》中也没有。“诗”字是周初出现的，应用尚不广泛。那时称诗，多作“歌”，或者作“诵”，见《诗言志辨》第10页，湖南人民出版社，2010年版。

说诗者对“志”理解越来越深入，说法也越来越具体，显示他们意欲通过对“志”的规范来达到对诗的规范。

“诗言志”的说法显然没有它在文献表面所声称的那么早[1]，有迹象表明“诗言志”这个儒家说诗者对诗理解的第一命题，它的定型应该在战国年间。而它也是先前春秋时期贵族社会用诗风习以及儒家对诗的不断谈论、评说和解读的结果，绝对不是突如其来的表述。

春秋时期的贵族赋诗活动最早将“诗”与“志”联系了起来。这时候的诗，并不是指诗文本，而是指赋诗，因此所言的“志”，也不是作者之志，而是赋者之志。一方面贵族们在朝聘、宴享等社交场合需要赋诗，借助诗章、诗句宣达自己的情志，而这就是“言志”；另一方面观者也要借此观察、了解赋者之“志”，产生了“观志”的问题。于是“诗”和“志”就在这样的文化氛围中相遇。襄公二十七

1 “诗言志”，语出《尚书·尧典》。尧尚是传说时代的传说人物，远比甲骨文时代为早，而并无文献或文物坐实。甲骨文时代尚无此种说法，显然不能将“诗言志”看成是传说时代就存在的事情。

年（公元前546年）郑伯设宴款待晋国公卿赵孟，席间有子展、伯有、子产等郑国大夫作为陪席。赵孟提议赋诗，理由是“武（即赵孟——引者注）亦以观七子之志”。在郑国诸大夫逐一赋诗之后，赵孟以为伯有赋诗不得体，说：“伯有将为戮矣。诗以言志，志诬其上而公怨之，以为荣宾，其能久乎？”[1]这句话的“诗”字，应该理解为动词，赋诗的意思。《左传》提到“诗”与“志”关系的谈论还有一处，在昭公十六年。这次是郑国六公卿宴别韩宣子。席间韩宣子提议，“二三君子请皆赋，起（宣子名起——引者注）亦以知郑志。”六人赋毕，宣子曰：“二三君子以君命贶起，赋不出郑志，皆昵燕好也。”[2]所谓“赋不出郑志”，也就是郑诗，可见志也可以反过来含有诗的意思。这是见诸文献最早关于“诗”和“志”关系的谈论。无论如何，以上场合提到的“诗”，都指的是赋诗，赋诗所表达出来的“志”当然是赋者之志。韩宣子请六卿赋诗以知“郑志”，绝不是要了解郑诗的文本，而是要了解郑六公

1 《左传》襄公二十七年。
2 《左传》昭公十六年。

卿的“心志”。可是赋诗风习衰落之后，代之而起的是儒家对诗义的探讨。“诗”与“志”的关系，也由此而转义到诗文本与作者心志的关系上来，这个过程是顺理成章的。它一面继承了言词与内心世界关系的谈论角度，另一方面又具体落实为对诗文本的释读。所以，在后来的文献里，如《庄子·天下》说的“诗以道志”，《荀子·效儒》说的“《诗》言是，其志也”等，“诗”指的都是文本，自然其“志”就是作者之志。故此，“诗言志”这个命题的早期含义，应该是“《诗》言志”，它是说诗者对《诗》文本一个综合与概括性的认识。

然而获得一个经典文本的概括性的认识对于儒家诗学建构来说，只是一个初步的目标，说诗、解诗最后要达到的目标当然是要规范天下后世的诗文活动。具体的解诗与规范理论的建构具有密不可分的关系。前者是一个基础，假若连已经存在的诗文都不能通识、梳理，则无法获得对它的话语权威；既已完成对诗篇的读解，则诗学必然演化至建构规范理论的地步。透过认识已经存在的诗，以便获得一个更大的可适用的理论框架。诗学理论就是这样，它既包含对事实的认识，也包含建构者的价值观和主观欲求。儒家说诗者之所以谈论《诗》，透彻地通识一个文本绝不是它用意的全部，它还要求诗学理论对世道人心有所匡正，对振衰救弊有所助益。这种自然的价值取向使得儒家说诗者在认识事实的基础上，还追求对诗的规范判断。由事实判断上升到规范判断的过程，就是不限于文本解释而建构规范理论的过程。

《诗》既然言志，而所言之志已经见于说诗者的释义了，那沿着"《诗》言志"的轨道伸延上升为规范判断，当然就是"诗言志"了。一方面《诗》变成了诗，主词扩大，涵盖所有既往、现在以及潜在的诗作；但另一方面"志"却是一个弹性的概念，既可能包括君子之志，也不可能自然就排斥小人之志。正如后来朱熹意识到的那样，"心之所感有邪正，故言之所形有是非"。[1]按说这个问题在"《诗》言志"的年代也存在，不过由于《诗》的权威性，由于儒家对诗的辩护态度，这个问题不可能被提出来。于是，"《诗》言志"这命题似乎从出现的时候起就包含了一个不言自明的前提：诗言君子之志。

1　见朱熹《诗集传序》，《诗集传》，岳麓书社，1989年版。

但是从《诗》扩展到诗，那诗便有可能言小人之志。一旦诗言了小人之志，而诗学命题不就给了它一个冠冕堂皇的地位了吗？诗不能言小人之志，不应该言小人之志，这是儒家诗学期望实现的目标，而现在小人之志有可能借着“诗言志”的正当招牌进入诗的行列。这当然是不能允许的。儒家诗学一定要堵上这个漏洞，想办法有所补救。其方法便是对诗所以为诗作了许多补充性的约束和规范，提高诗的理想，在诗的内涵里充实儒家关于善的价值内容。这种理论上的趋向，构成接续文本释义活动之后儒家说诗者的主要方向，以便完善并最终建构后来称为儒家“诗教”的关于诗的意识形态。

楚竹书《诗论》最后一章是总括《诗》的主旨，颇耐人寻味：“孔子曰：诗亡（无）隐志，乐亡（无）隐情，文亡（隐）意。”隐字原文作“<U+20EF6>”。诸家的解释多有分歧，本文以释“隐”为是。[1]《说文》

1　马承源原来的训释为“离”。（见马承源主编《上海博物馆藏战国楚竹书》第一册之《〈孔子诗论〉释文考释说明》，上海古籍出版社，2001年版）李学勤释“<U+20EF6>”为隐，后多家跟从，如裘锡圭等。（见李学勤《谈〈诗论〉“诗亡隐志”章》，《清华简帛研究》第二辑，清华大学思想文化研究所，2002年）饶宗颐不同意此说，力证应释读为（转下页）

谓:“隐，蔽也。从𨸏，㥯声。”[1]按说“隐”字有两个意思，一为遮蔽，另一为隐匿。前者指两个事物或行为之间的关系，一个被另一个所蔽；后者指内心与表达之间的不一致。如从第一个意思讲，“诗无隐志”就是诗之志均晓畅明白，无所遮蔽，读者可以透过文字直通诗人的心志。换言之，诗的文字没有遮蔽诗人的情志。这个意义上的“诗无隐志”，论述的是文辞与情志的关系，它不被修辞所遮蔽，故而人皆可知，文意可明。[2]但是仅仅这样解“诗无隐志”之隐，于文意并不足够。“隐”在这个句子里还是一个形容词，修饰“志”，隐匿的意思。隐匿，意

（接上页）“吝”，意为“有所吝惜而保留”，“‘诗亡吝志’者，谓诗在明人之志”。（见饶宗颐《上海楚竹书〈诗序〉小笺》，载《饶宗颐新出土文献论证》，沈建华编，上海古籍出版社，2005年版）笔者以为，释读虽有不同，但对文意的理解并非截然相反。无论从“隐”还是从“吝”，在诗与志关系的角度看，含义都是接近的。一是“无隐其志”，一是“显明其志”，两者存在互通。在没有取得一致看法之前，姑从释“隐”说。

1 许慎《说文解字》第305页，中华书局，1963年影印本。

2 裘锡圭的话可以参考:“孔子之意当谓，如能细心体察，诗之志、乐之情、文之意都是可知的。”转引自魏启鹏《楚简〈孔子诗论〉杂识》，上海大学“新出土文献与古代文明”国际学术研讨会会议论文第15号。

味着不诚实，它是指向对所言之“志”的道德判断的。《论语·季氏》:“侍于君子有三愆：言未及之而言谓之躁，言及之而不言谓之隐，未见颜色而言谓之瞽。”显然躁、隐、瞽都含有道德的贬义，对君子该言而不言是不诚实的表现。《荀子·劝学》的话适与此相互证明:“未可与言而言谓之傲，可与言而不言谓之隐，不观气色而言谓之瞽。故君子不傲，不隐，不瞽，谨顺其身。”不隐，是君子的道德教养，反过来，隐就是君子应该避免的恶德。所以，“诗无隐志”还有一层意思就是诗无可隐之志，意谓诗之志昭然若日月，坦坦荡荡。这恰好和孔子论《诗》之本旨是“思无邪”的话文意相近，相映成趣。“诗无隐志”不但说诗志可知，而且也说诗之志诚实无欺。换言之，诗之所言是君子之志，而不是小人之志。“诗无隐志”中的诗，当然是指“三百篇”，但作为一种诗学的概括，说诗者的总结本身就含有使这个概括获得更广泛适用的意味在内。通过总结典范而取得一般原则，以求指导后学，启示未来。

秦汉之际儒家说诗者更进一步，在讨究诗之名训中加入种种规范，为“诗言志”这个重言式赋予更多的儒家价值观。后来孔颖达将先儒的这层功夫归纳为诗“一名而三训”[1]，就是将诗同时训为承、志、持三种意思。其中先儒论述得比较多的是“志”和“持”两种意思。至于“承”，孔谓“作者承君政之善恶”，意思是诗人的抒发吟诵皆当有关时政，对时政的善恶心有所发。这其实也和“持”的意思相近。《诗纬·含神雾》云：“诗者，持也……可以扶持邦家者也。”看起来，这是对诗的认知判断，其实这是对诗的规范要求。诗应当有所扶持。扶持什么呢？当然是扶持邦家，也就是要关心民瘼，助益时政。这和《毛诗序》讲“故正得失，动天地，感鬼神，莫近于诗。先王以是经夫妇，成孝敬，厚人伦，美教化，移风俗”，没有什么两样。另外，“持”又被阐发出“止”的意思，意谓“止乎礼义”的“止”。《荀子·劝学》曰：“诗者，中声之所止也。”这里的“止”，当指情感的表达要自我节制，俾使符

1　孔颖达之《诗谱序》正义云：“然则诗有三训：承也，志也，持也。作者承君政之善恶，述己志而作诗，为诗所以持人之行，使不失坠，故一名而三训也。”见《毛诗正义》卷一，《十三经注疏》上册第262页，中华书局影印本，1979年版。又参见钱锺书《管锥篇》第一册第57页关于《诗谱序》的解说，中华书局，1979年版。

合“中道”之旨，也就是《礼记·经解》说的“温柔敦厚”的“诗教”。诗既然被纳入言君子之志的范畴，如何言法，也当然要符合君子的教养。诗之言志，表现喜怒哀乐之情，要合于“中道”，知所节制。这一方面是诗艺的要求，另一方面也是诗人必需的教养。诗不仅仅是一种文体，像我们今天对于诗的观念那样。在儒家说诗者看来，诗意味着本然内在于其自身的善。善是与诗天生俱来的，天然不可剥夺的，甚至不能想象人世间还有缺乏了善而又可以被称作诗的诗。如果诗缺乏了善，那它简直就是玷污了诗这个伟大的称号。

儒家的诗学产生于对诗充满敌意的极端不利的环境。礼崩乐坏，原本一个活生生的礼乐传统遭到遗弃而崩坏，儒家不得不起而为之辩护。儒家说诗者采取了从德性切入而为之辩护的路向，他们认为这是最符合“三百篇”本意的解释，《诗》本身首先是一个德性的典范。这种辩护虽然有力，但却不见得都合乎诗篇的本义。辩护者采取了“委曲求全”的策略，以“过度解释”来弥合文本的缝隙。因为儒者为诗辩护，索解诗篇本旨，最终的目的是要建构一个规范现在、启示未来的“诗教”，而当“诗言志”的命题获得充分阐述的时候，一个儒家的诗学便俨然成形。

六

由春秋时期算起至秦汉之际约有7个多世纪，这是中国古代史上动荡、分化、演变的社会转型时期，尤其是战国年间社会急速变迁，而儒家诗学就是在这样一段较长的历史时期内萌芽、发育、生长和定型的。若要细别划分，则显示出三个相互重叠而又有区别的演变阶段。见诸文献记载的“赋诗言志”和“闻诗观志”首先出现。它作为上层贵族圈子的礼仪社交风气习俗，初衷只是用诗——因礼仪社交的需要而用诗，并非以诗文本为中心。它与文本的解释、批评没有直接的关系。然而由于此种用诗习俗，却萌生和启发了诗与用诗者之志的联系。进入春秋晚期和战国时期，贵族社会制度瓦解，礼乐文明衰败，古人总称礼崩乐坏。于是“赋诗言志”和“闻诗观志”的贵族社交习俗迅速消失，皮之不存而毛无所依附。应时通变而奋起争鸣的百家——儒家除外——纷纷起而抨击《诗》《书》，皆视之为无用之物。而儒家则继承了这笔贵族时代的遗产，诗所吟咏的先辈创业事迹，诗所高扬的伦理典范，诗所追求的政治理想，“以诗为用”所奠定的诗的权威性，当然更重要的是诗所宣扬的伦理法则，都使儒家用自己的方式站出来捍卫诗，为诗辩护。他们先是“引诗证志”，继而“解诗辨志”。从儒家说诗者对诗的所引和所解中，我们不难体会他们在礼乐文明衰微之世的苦心孤诣。“引诗证志”和“解诗辨志”这两个阶段时间上有一定的重合，将它们划分开来，一方面是在赋诗习俗尚存之时，文献就已经记载公卿贵族言谈中随口引诗，而战国儒家更是口不离诗，值得独立讨论；另一方面是逻辑上“解诗”比“引诗”更像诗学成熟的后来阶段，故而分别讨论。“引诗证志”是诗的伦理准则的权威性在生活实践中的有力运用，儒家说诗者通过引用诗句，唤起人们对遭受轻贱的诗的热情。儒家说诗者捍卫诗的权威性还受到来自另一面的挑战。这就是“赋诗言志”时期“断章取义”的用诗习惯，使得诗的篇意在时间的冲刷下逐渐陷于暗昧不明。要传承这笔遗产，就需要重新究明篇意。楚竹书《诗论》的出土，使得如下的推测更加有道理：战国时期，儒门曾兴起师生切磋讲论每篇诗意的活动。不仅《诗论》本身就是这样一个篇意讲论的文本记载，而且传世文献《毛诗》的《小序》《礼记·孔子闲居》亦可以见儒门师弟子之间讲论切磋诗意的痕迹。篇旨的确定给“三百篇”的传承带来莫大的好处。儒家不但是西周至春秋时期诗的遗产的整理者、删削者和编订者，也是诗的解释者。由“赋诗”而“引诗”，再到“解诗”；由“言志”而“证志”，再到“辨志”，尽管前两个阶段还算不上是批评意义上的诗论活动，但诗与志在儒家诗论兴起的三个阶段都是紧密相连的。诗与志的关系一再受到重视，并最终形成了儒家诗论的核心命题——诗言志。它的地位不但无可动摇，而且在古代世界的2 000多年的诗批评中，引起了长久和广泛的回响。

七

走笔至此，小文似可收束。然再思之下还有一问题可以作延展探论，这就是一个批评传统的起源方式与这个批评传统的基本品格之间究竟是怎样的关系？过去这个问题并不曾引起关注批评史的论者注意。当需要追问某个批评传统的基本品格的时候，一般的做法是将它归结为该批评传统所属的社会文化的某项特征。假如要问古希腊人为什么将诗视作是人工的“制作品”，那答案就是古希腊的文化崇尚理性和分析。这讲法看似有理，但并未带来真知。因为将诗的本质视为一种人工技艺，当然包含有理性和分析的因素，但理性和分析也可能引导人们对诗的本质作出别样的判断，比如“诗言志”的观念，你就很难说它背离了理性和分析。由此可见，用一般的社会文化特征说明一个批评传统的基本品格的产生，显然过于空洞。一个批评传统基本品格的形成恐怕更多地与它的起源方式有关，或者说它的起源方式直接影响和决定了它的基本品格。批评传统基本品格的形成与它的起源方式的关系是直接的，而与更广大的文化氛围的关系是间接的。

布克哈特谈到古希腊城邦产生的时候，曾提出一个非常有意思的说法。他说古希腊城邦像是“突然出现”的。[1]征诸历史，布克哈特的说法是有道理

---

1 布克哈特说：“这种国家形式（指城邦——引者注）从未被看作是逐渐形成的，而是突然出现的，是某种短暂的但经过深思熟虑的决定的结果。在希腊人的想象中充满了这种（转下页）

的。“黑暗时代”结束后，由北南下的殖民者在短短的两三世纪之内就散布于爱琴海周边陆地和岛屿，城邦星罗棋布，发展建设得有声有色。布克哈特所说的“突然出现”并非说希腊城邦从天而降，而是强调城邦的前身几乎像一张白纸，无所依凭。于是规模相对小的族群在一块新的土地上，立约、协商、建政不必服从历史成规的制约，得以用人为的方式落实。雅典的“梭伦立法”就是一个很好的例子。城邦就是这样在短时段内建立起来的，这个过程颇似“突然出现”。将布氏的看法挪移到古希腊诗论的产生，那它就更加是“突然出现”的了。

城邦通过贸易、战争、同盟积累了财富，那些享有公民权的富裕者由于依赖奴隶制很容易获得不忧衣食的个人闲暇，由此兴起了追求知识、艺术的活动。古希腊的诗论乃至于它的哲学和科学都是城邦社会能够提供的这种个人闲暇的产物。个人的智力乃是这种追求知识和艺术活动的决定性角色。如

（接上页）瞬间建立起的城市，就好像从一开始它自身没有做任何事情，城邦的整个生活都是服从于必然性的安排。”见布克哈特著、王大庆译《希腊人和希腊文明》第93页，上海人民出版社，2008年版。

果讲到个人智力与城邦社会的关联，那就是城邦生活提供给这种几乎毫无顾忌追逐个人智力最大化的爱好一个近乎无限制的空间，当然，当这种活动发展到被认为危及城邦时，那就是另一回事了。像苏格拉底爱好走到集市、广场找人辩论，让对手最后不得不承认自己无知；像柏拉图学园流传至今的格言“吾爱吾师，吾更爱真理”，都非常显明地刻上无所顾忌追求个人智力最大发挥的特征。当学问得以完全建立在个人智力基础上的时候，它当然更像是“突然出现”的。因为它也是无所依凭的，只要有具备上等智力的人，就理所当然能产生灿烂的科学与艺术的成果。以诗论来说，就像古希腊人能够纯粹追求知识学问的道理那样，他们也只能发现诗之所以为诗的纯粹之处：诗是技艺的制作。在这种关于诗的观念中，笔者觉察到一种孤立性——它把诗的其他要素当作不算本质性的要素加以排除，剩下最为本质的要素即技艺制作——这种孤立性是与个人，当然是有闲暇又有高等智力的个人，疏离孤立于城邦相一致的。个人毫无顾忌地追求智力的最大化，智力亦毫无顾忌地聚焦于关注对象的纯粹本质。古希腊诗论的起源方式在它的基本品格里刻下了决定性的烙印。正是因为古希腊诗论的基本品格与个人智力的深刻关系，它的发现与局限、它的所得与所失，都可以放在知识的天平上检验。它基本上是一种关于诗的纯粹知识，我们很难说它是一个关于诗的意识形态。

同属于早期诗论，先秦儒门的诗论显然不能被视作“突然出现”的，相反它是“逐渐形成”的，其发展演变到儒门说诗论定篇意之前就存在一个与之攸关而长久的文化传统。凡是其起源方式是“突然出现”的，我们可以将开山者落实到个体人物。在开山人物之前，皆是一片空白。柏拉图之前固然有诗，但却无一人对诗说过半个字。古希腊有诗论，当然以柏拉图为开山祖师。然而，面对中国早期诗论我们很难将孔子当作同样意义的开山人物。因为孔子之前早已存在一个数世纪之久的赋诗言志的传统。它虽不算正式的诗论，但后来的儒门诗论却绕不过它。所有儒门解诗的重要观念无一不与这个先在的用诗传统关系密切。假如没有当初的“赋诗言志”，那自然也不可能存在后来的“诗言志”。孔子并没有将自己的文化贡献看得如后来人看他那样深具独创性和重要性。他说自己“述而不作”，只是个

“述者”，并非“作者”。开山者意义的“作者”早已远离仙去，他们留下一笔后人绕之不过的遗产，“述者”只是在这个基础上温故知新、承前启后而已。儒门解诗的所有创获都应该看成当时社会环境下的先在文化传统的伸延和发扬。凡属于“逐渐形成”的知识学术，其重要特征是我们无法确定谁人是开山者，无法将这件事落实到个体人物。先秦中国的早期诗论，作为一个存在六七世纪之久的文化学术长流，固然可以观察到一些起重要作用的个别人物，比如孔子、子夏、孟子、毛公等，他们起的作用要比别人大，但是切勿忘记他们同属于一个远比他们悠久、远比他们个人要强大得多的文化学术的传统。我们只有意识到这一点才能看清楚“历史成规”对他们个人言述的影响力，亦只有意识到这种影响力的稳固存在，才能准确评估他们在这个文化学术长流里的位置。

凡理解“逐渐形成”的文化学术传统，一方面要梳理先在的部分来贯通它的后来部分，将它们置于先在与后来关系的框架之下，才能看清楚两者的因袭、传承和发展；另一方面也要观察社会环境的变迁对这个文化学术传统的影响，因为后者对前者的反应是特别直接和显明的。这与“突然出现”的文化学术传统也要受社会环境的影响不同，虽然两者都要受社会环境变迁的影响，然此影响与彼影响存在紧密与疏离之分，存在直接与曲折之分，存在显明与隐蔽之分。若是不加甄别，一视同仁，也就容易失诸空洞疏阔。比如，柏拉图作对话录《理想国》，显然是与他感受到雅典民主政治的危机有关，但是在他的申述中却看不到这种危机的直接投射。他的所有表达都是围绕什么是“好的城邦”来进行的，而“好的城邦”本来就是一个不存在于现实的“空中楼阁”。也就是说，社会环境因素并未直接渗入他学术思考的内部，而只是一个促使柏拉图这样或那样思考的潜动力。这相比起中国早期批评传统形成时期儒门说诗的情况就很不一样了。儒门说诗是对当时社会环境作出一个直接的反应。战国之世墨、法、黄老道家还有掌握权力的君主王侯，皆以为儒家无用，认为其不是繁文缛节无补实用，就是妄言惑众变乱朝纲。儒门之所以如此说诗，其实就是对所有这些诋毁、指责的直接反击。你指责诗无用，我偏说诗有用；你诋毁诗妄言惑众，我偏说诗是人道与禽兽的分别、文明与野蛮的分别。中国早期诗论就是在绵延约3个世纪的诋毁与反诋毁、指责与辩护的社会学术思想氛围中铸就的。在这段不同凡响的历史时期，儒门的直接反应非常重要，它奠定了中国固有批评传统的基本价值取向。诗当有益世道人心，诗人当感时忧国，诗之兴群观怨，诗之向往无邪世界，这些价值取向和批评标准，我们可以看到它们在批评史上长久的回响。

无论中西，早期诗论在批评传统上的重要性，不仅在于它们处于时间序列的前端，而且在于这个时间序列的前端所造就的一系列历史条件构成了一个批评传统的特定起源方式，这个起源方式带来并决定了该批评传统的基本品格，它的命题、表达、如何感知诗等，便成为了后来者再出发的前提，由此而构成了它在批评传统无可取代的地位。

诗志论及其回响

中国早期文论的轴心毫无疑问是诗与志这个话题。据传最早的文献《尚书·尧典》即有“诗言志”一句。朱自清《诗言志辨》称它为中国历代诗论“开山的纲领”。[1]相传为子夏所作的《毛诗序》(今称)也有相同的讲法:“诗者,志之所之也,在心为志,发言为诗。”《上海博物馆藏战国楚竹书》中的《诗论》其末尾总训部分,引孔子的话:“诗亡(无)隐志。”这样看来,谈论诗而不论志,或者言志而离开诗,在这个早期文论形成的春秋战国近5个世纪里,是不可想象的。将诗和志勾连起来一并谈论的这个早期文论系统,为了行文的方便,在这里姑且

1 见朱自清《诗言志辨》第3页,湖南人民出版社,2010年版。

称之为诗志论。

早期文论十分耐人寻味。它像一个“决定性的开端”，划定了一个演说的主题范围，后来者只能顺势“子承父业”，按既定方向在演说的主题范围内活动。无论中西都有这现象。例如柏拉图为探索尽善尽美的统治形式——他心目中的理想国，发现诗人是建立理想国的害群之马。因为他们的诗首先是不真实的，其次是笔涉了种种不雅、不道德而将城邦公民教坏了。柏拉图的结论人所共知，一个好的城邦必须将这些害群之马驱逐出境。柏拉图有意无意开了一个指控诗人的话头，他的话头激起了心有不甘者为诗的辩护。对诗的指控和为诗的辩护于是便构成了西方文论史上绵绵不绝的连锁反应。控方和辩方营垒分明，代有人出，循着这个辩控主题一直伸延下去。诗志论在中国诗论史上的地位，有点像柏拉图对诗的指控在西方文论史上的地位。它们在各自文论史上所起的作用，仿佛一锤定音，延及天下后世。后人虽然不是机械重复当初的论点，但纵然本领大如孙悟空，也并未跳出“如来佛的手掌心”。即使持论反其道而行之的论者，犹如套路相同者打擂台，细看也是从对手那里模仿而来。文论的言说主题一经提起，就如同声乐的定调。相同或近似的调子一唱再唱，它就变成了传统。当初事起，当然事出有因，但并非必然——其中缘由值得探讨——到了后来就视之为理所当然。文论史的这种演变给了我们一个恰当的视角，观察类同“基因”的早期诗论与类同“基因的表现”的后世文论及其格局之间的相互关系。民间有所谓“三岁定八十”的讲法，如果将后世文论及其格局当成“八十”，那“八十”之时出现的种种情状都可以从“三岁”时期的早期文论中寻找到种种蛛丝马迹。

一

将诗和志并联在一起，即用诗之际牵连旁及用诗者的志。这是春秋时期流行在社会上层贵族圈子内的风气，《左传》称为“赋诗言志”。这种风气是如何产生的，已经无从追究了。理论上贵族需要“赋诗言志”，当然要先有诗，诗被反复吟诵才算得上是赋诗，诗的产生应当在“赋诗言志”的风气形成之前。但是，贵族社会有了诗，却完全可以不“赋诗言志”，诗没有什么非赋不可的理由。若是没有赋诗的风气，它与使用者的志的关联性，也就非常可疑了。也就是说，诗与志的紧密相连是一种特别的历史环境——西周以来的礼乐制度及其变迁——产物，而不是逻辑上必然的结果，不可视作理所当然，而应视作有条件的演变结果。虽然文献不足，无从考究这种风气初起的详细情形，然而如果对那种特别的历史环境略知一二，还是可以透过了解贵族时代的历史环境，约略明白“赋诗言志”的行进机制的。

凡是贵族社会都依赖于划分贵贱等级那条不可逾越的界线而存在。古人有说，“物之不平，物之情也”。而贵族社会就是要将人群品类的不平凝固化、永恒化，使之不能逾越。贵者恒贵而贱者恒贱，以贵凌贱而能贵贱各安其分，各自相安无事，这是贵族社会维持秩序的目标。人生虽然地位、财富不平等，但如果社会存在途径可以使人改变财富、地位的不平等，那贵族社会就会分崩离析而不能存在。因此，维持贵贱等级界线的不可逾越是决定贵族社会生死存亡的头等大事。在种种“护法”的措施之中，除了赤裸裸的武力镇压外，就是各种文事增华的装饰性的努力。经由象征资源的运用，使得贵贱等级的分别由最初的社会事实的分别转化成包含神圣意味的分别。于是贵贱分等就不再可撼动。例如印度种姓制度起于雅利安人征服原印度河流域的达罗毗荼人，军事征服过后，神话、传说随之兴起。婆罗门经典《梨俱吠陀》有云：婆罗门出自天神的嘴巴，故婆罗门因念经传神的旨意而高贵；刹帝利出自天神的双手，故刹帝利因执戈征伐而高贵；吠舍出自天神双腿，故行商跑买卖；而首陀罗出自天神双脚，故命当安于低贱，做牛做马。[1]我们看到，人类社会凡贵族时代其文化的装饰性是最强烈的，也是最复杂的。如以文质来论，那贵族时代无疑是最“文”的，而我们身处工商科技时代是最“质”的。贵族社会有强烈的需要，创造、调动、运用各种象征资源，让贵贱等级事实神圣化、意义化。我相信，见于文献的春秋时期“赋诗言志”的风气，

---

1 《梨俱吠陀》第十卷第九十首《原人歌》。“原人”梵语作Purusa，古印度人将宇宙本体抽象而名之为人，故称“原人”。此诗为印度历史上第一次出现的四种姓的记载。诗云：“原人之口，生婆罗门；彼之双臂，长刹帝利；彼之双腿，产生吠舍；彼之双足，出首陀罗。”见季羡林、刘安武选编《印度古代诗选》第22页，漓江出版社，1987年版。

最为基本的社会功能亦在于强化贵贱品类的等级差别。

只要稍微了解春秋赋诗的风气，就可以知道诗不是人人能赋、人人可赋的。虽然从有诗以来，就存在“饥者歌其食，劳者歌其事”，贫贱者亦可以作诗抒愤，但赋诗作为贵族圈内的高雅礼仪活动，却与此大大不同。首先它存在一个被贵族圈内认可的公共性文本。“赋诗言志”的场合，虽然不知道对手如何“断章”，要赋哪首的哪几句诗，但它总是在你熟知的诗之中。如是个人诗兴大发，自作自赋，那“赋诗言志”将失去其意义。“赋诗言志”在形式上比较像相互考试，彼此都需通过赋诗对答证明自己是教养优雅、应对得体的人。而这个彼此的互考得以进行，就必须在共同的“知识基础”之上。这个“知识基础”就是彼此熟知的公共性文本。圈外人是不明白这一切的，因为关于这个文本也是一种“专业知识”，只流行在“专业”的圈内。保证了知识的垄断性，才能保证象征意义的神圣性。其次，熟习这个公共文本达到出口成章、运用自如的程度，一定得经过多年的栽培、训练才能做到，而这种教养优雅的公卿士大夫的培养，一定有相当的财富作其后盾，非贵族出生的人难以参与这个代价昂贵的“游戏”。《左传》记录下春秋年间33回赋诗场合，绝大部分是难度相当高的。各人皆是临场发挥，事先并无准备好的剧本，你来我往，借诗言志，既有情感的沟通，又有智力的较量和试探，将自己的真实目的借古人的言辞传递出去，如同武侠高手过招，随机应变的技巧和不变的贵族人生准则获得精巧的平衡。因此，能熟练地赋诗就是春秋时代上流社会圈子的准入证明，也是公卿贵族必须具备的人生修养和社交技能。唯其如此，公卿贵族才显得与他人有别，赋诗的风气在社会功能上起到了强化等级差异的作用。以能否风诵约定俗称的经典诗文本为界线，人被划分为两类，一类是公卿士大夫，另一类是平民百姓，前贵后贱，前高后卑。等级的界线和是否能风诵古诗的界线如此重合，其原因就在于赋诗的风气和贵族等级制度两者是互为表里而同存同亡的。

从另一角度观察，赋诗言志能够在公卿士大夫贵族圈内兴盛起来亦在于它能有效地为贵族生活服务。春秋时代，华夏中原及其周边地区，邦国林立，文献记载有170余国。公卿贵族既是属国的，但又对他们同等级的生活圈子有高度认同。属国与跨国一身而兼二任，贵族的这种性质使得他们热衷跨国交际。《左传》《国语》、清华简《系年》等文献记载，公卿们的跨国社交非常活跃，他们风尘仆仆穿梭于各国，你来我往，好不热闹。常见有论者视春秋时代的跨国社交同于现今的国与国外交，其实两者也有不尽相同、不能完全类比之处。那时代的跨国社交显然保留着大量私人性质或亦公亦私性质的交往成分。例如，会盟立约可以说它同于现今意义的外交，但寄质、探问、朝聘、嫁娶、宴飨就很难说它们等同于外交。与其说它们是国与国的，还不如说它们是贵族与贵族的。频繁而多样化的跨国社交衍生了人与人之间试探、识别、比拼、较量的必要。既要彬彬有礼，不失贵族体面，又要明白来者的意图，知晓对手的斤两。这种特别的社交场合，比武的不行，那就只有比文的了。于是赋诗言志应运而生，它就是在贵族频繁的跨国社交礼仪基础上形成的。春秋时期，接近两个半世纪（公元前722—公元前479年），将《左传》记录赋诗场合分散到这两个半世纪，赋诗似乎是很罕有的事实。然而有理由相信这是记录的失载，所记录下来的并不是实际存在的跨国社交全部。史官的记载通常是服务于叙述目的的，不会把涉及同类事件事无巨细呈现于书写中。杨伯峻就《春秋》所记举了两个例子。第一是日食，由隐公到哀公242年间，鲁地可见的日食有60次以上，《春秋》仅载一半。第二是鲁国十二公，除闵公在位年短，其余都有十数年或数十年，但《春秋》载鲁女出嫁仅仅7次。接近两个半世纪鲁公室仅有不足十女出嫁，这怎么可能？[1]同样的道理，《左传》僖公二十三年首次记载风诵古诗意义的赋诗，我们显然不能认为赋诗言志的风气起于这一年。可以推测，赋诗言志这种服务于跨国社交的礼仪风气，是从封建秩序牢固建立起来就逐渐形成了。另外，见于《左传》的数十回也不是封建秩序盛行时代的事实的全部。本文将它看成广泛存在的贵族圈子流行风气，相信不会离事实太远。

春秋落幕而进入战国，列强兼并礼崩乐坏，赋诗的风气荡然无存。但是毕竟流行了数个世纪，赋诗言志作为完整的文化形式是破碎了，不复存在了，

---

1 杨伯峻《春秋左传注·前言》，中华书局，1990年版。

但它还有碎片，并未灰飞烟灭。作为文化事实不存在了，但作为文化精神毕竟还是沉淀下来了，积累下一些重要的遗产。对于中国文学和文论批评来说，如下的几点归纳应该是值得关注的。

首先是对诗的高贵性的肯定和风雅趣味的追求。这两个观念都是关于诗价值取向的，它们的确立实在得益于数个世纪赋诗言志的反复实践，使它们终至于牢不可破。诗的高贵性，不能从诗文本的内部获得答案，它是历史实践的产物，是积淀而成的。“三百篇”后来有更吓人的名字，称为《诗经》，被视作诗的正统的集大成。这个显然与这些诗，从西周到春秋数个世纪经由社会精英——公卿士大夫——反复风诵，表达心志，并以之为人生必备教养，以之为跨国社交的看家本领而有莫大关系。“三百篇”乃至诗的高贵性，完全是奠基于赋诗言志风气的浸润。没有它，诗不会那么高贵。诗的高贵从来都不是自然如此的，而是在赋诗言志的社会环境中逐渐生成的。一个可以对比的例子是欧洲。自古希腊以来，文学作品一向以悲剧为高贵，悲剧的地位凌驾于其他体裁，悲剧的文体地位的形成亦是缘于贵族生活方式的反复实践。至于风雅趣味价值的形成，也是在赋诗言志的反复实践中形成的。“三百篇”虽有明显出自贵族作者的，也有庙堂祭祀肃穆庄严之作，但同样有明显属于闾里歌谣，出自趣味谐谑的“郑风”“陈风”一类。整体来说，“三百篇”是品类不齐、亦雅亦俗的合集。而公卿贵族每当赋诗，即从中进行挑选，选择的结果总是趋向集中于某类篇目——最能体现他们志向、德性、利益与美学趣味的篇目，于是便形成一种集体性的趣味追求。封建贵族的时代虽然过去了，但积淀下来的美学趣味总能在不同的历史环境中具有传承性地表现出来。

其次是诗志互通。诗通于志而志亦通于诗，即《毛诗序》所谓“在心为志，发言为诗”。由于诗志互通，而志是高下有别的，当要论定诗的价值时，便可以通过它表露的志的高下而得到决定。赋诗言志，本来跟原诗之意无关，只是借古人诗句表露风诵者之志而已，但是在风诵者是表露，而在听闻者却是观志，评价论定风诵者心志的高下。这个时候，心志是借古人诗句来甄别善恶和论定高下的，心志是被放在观诗的显微镜下观察的，这就是所谓“观志”。《左传》记载过几个“观志”的故事。例如襄公二十七年，晋国公卿赵孟来到郑国，郑伯宴飨赵孟，而郑国的几位当权公卿出席作陪，赵孟席间提议赋诗，他想通过赋诗来观郑国几位公卿的志。子展、子西、子产、子大叔、二字石、伯友六人赋过诗之后，前面五人皆十分得体，赵孟赞赏有加，唯有伯友所赋的诗句映射郑伯不德，赵孟认为十分不妥。国君所作所为虽然有违德性，但也不是作为臣下的公卿可以随便指责的，更何况是在外来宾客的面前，将家丑外扬来取悦宾客，更不足为法。赵孟据伯友流露的不臣之志，断定伯友没有好下场。其后伯友果然不得善终。借诗观志，在赋诗言志风气流行的时候，与古诗原意并没有密切的关系，但是当赋诗的风气成为过去，诗不再能赋而只能解的时候，借诗观志所积淀下来的传统便转向观作诗者之志了。无论如何，这还是观志，只是由赋者之志转向作者之志。在此种情况下，作者之志的高下优劣就成为论定诗的高下优劣的重要标准。这可称之为审志而定诗。总之论诗无非审志，而审志是为了定诗。诗和志在这个文化传统之下注定是不能脱离的。

最后，诗的解释活动的根本意义在于知人物而明世事。赋诗言志虽然不同于今天诗歌的个人阅读或当众朗诵，但依然可以将它看作是广义的诗的解释活动。第一，它是借古人之诗进行的；第二，它也是释义的。没有什么理由可以排斥赋诗言志属于诗的释义活动，尽管它有自身独特性，与后世对诗的释义大有不同。比如今天我们个人案头阅读，它指向的是诗与读者之间的情感交流或精神消闲；小众朗诵则指向风雅爱好或诗歌评鉴及娱乐。然而，起源于诗的释义活动最早的赋诗言志风气，其功能和目的完全与精神的交流、美学趣味的共鸣无关，也与对诗本身的评鉴赏识无关。虽然鼓瑟和鸣，钟磬余音回荡绕梁，古人之诗徐徐风诵，这里未尝没有感情的色彩在里面；可是这些风雅礼乐仪式的美学部分，只是帮助穿梭往来的公卿士大夫尽快拉近个人距离，然后好观其志。正所谓“知己知彼，百战不殆”。在文质彬彬的赋诗言志背后，其功能和目的可以说是十分实用的。至于那些敦睦邦谊的公卿宴飨场合的赋诗言志，我们很难说它存在近在目前的实用性。不过总体上这些赋诗言志也不离其根本——观志。来自不同邦国的公卿本不是朋友，而其相互了解，明白心志，并不是为了个人的友谊。这种敦睦邦谊面目下所隐藏的，还是利益，虽然不是一下子就能让我们看到。赋诗言志绵延反复于数个世纪的跨国社交，积淀和培育了一种对于诗的文化惯性：通过诗来知人明事。等到贵族作为一个阶级在社会中消失了，赋诗言志的风气不存在了，这种文化惯性仍然在持续，它只是由观赋者之志转向观作诗者之志。诗文本这时候似乎有了重要性，但其实不是，文本只是用来循迹返本的工具，释义活动继续航向由文化惯性确定的目的——知人明事。

上述由赋诗言志风气而来的文化遗产影响深远，它解答了中国文学和诗论史尚未获得很好解释的疑难。

二

古代中国诗文并称，诸文体之中也是诗文并贵。诗居于美感和修辞色彩较强的各种文体的首位，而文则统称布政宣令、礼乐化俗的诸种文体。这令人联想到战国文献常见的《诗》《书》并称。如《左传·僖公二十七年》:“《诗》《书》,义之府也;礼、乐,德之则也。”后来刘勰《文心雕龙·宗经》说得更加仔细:“论说辞序,则易统其首;诏策章奏,则书发其源;赋颂歌赞,则诗立其本;铭诔箴祝,则礼总其端;纪传铭檄,则春秋为根。”具体到刘勰提到的诸种文体源起的真实状况是否真的如他所言,还是有可斟酌之处的,但刘勰指出各类文体的根本精神与经的密切联系,无疑是合理的。《易》《书》《诗》《礼》《春秋》都是最早期的传世典籍,被目为“三极彝训”,“洞性灵之奥区,极文章之骨髓”。(《文心雕龙·宗经》)按刘勰所言,这些早期文类所以尊贵是由于如下两点理由:第一,它们是后世诸文体的源头;第二,它们是美学的典范。以今人的眼光看,第一点是成立的,以早出为尊贵。吴承学、何诗海在《浅谈中国古代文体价值谱系》一文中说:“古人往往以早期产生的文体为正宗、正统,以后世孳生的文体为变体、旁流,古体高于今体,正体高于变体。”[1]至于第二点,有部分的合理性,但也存在牵强之处。这些早期典籍的部分内容确实是古代

1 见吴承学、何诗海《浅谈中国古代文体价值谱系》。

文化里的“彝训”，也涉及古代心灵的“奥区”，但并非全部，而将它们看作从此便不能逾越的美学典范，也只有在极其有限的意义上才是正确的。刘勰所言只是片面的真理。文体学者用更广博的眼光，将文体与传统政治制度和礼乐文化积淀形成的审美理想联系起来，解释诗文在古代中国之所以享有比其他文体更尊贵地位的社会原因。这当然是有道理的。

其他文体暂且不论，诗的尊贵早已由春秋之世的用诗活动——赋诗言志——奠定牢固的基础，或者竟可以说诗是因人而贵。那时还没有其他接近诗一类的文体，但诗的绝大部分作者，我们所知道的使用者，全部都是高人一等的公卿贵族，这就不由得诗不高贵了。因为公卿贵族不可能自贬身价，将自己熟练的文化绝活当成可以同引车卖浆者流分享的东西。所以，诗的尊贵在早期是同文化垄断有关的。后来，虽然如同春秋时期那样的文化垄断被打破了，而其他偏于美感和修辞色彩的文体也产生了，但诗的这种价值惯性还是保存了下来。它因此高居于各种审美抒情文体的首位。

钱锺书《中国文学小史序论》谈到中国古代文

论的两种视角：分辨体制和鉴别品类。他说："吾国文学，横则严分体制，纵则细别品类。体制定其得失，品类辨其尊卑，二事各不相蒙。"[1]钱锺书指出的是文论史上的重要事实，但他并没有详细论述关于这个事实的解释。当然纵横详论分体制与辨尊卑，亦非此文和笔者的能力可以完成的。这里仅仅指出一点，古人论文的这种纵横格局，在春秋时代的赋诗言志里竟可以看见它的端倪。那时虽无辨体制的必要，因为只有诗这一种文体，无从与其他文学性的文体比较、甄别、辨识，但却已经建立了日后比较、甄别、辨识的基础。日后分辨体制的基础就是诗的尊贵性的确立，这是一个坐标系的原点。日后各种体制的分辨，都由于原点的确立而得以在坐标系中展开。例如，陆机《文赋》辨体的论调虽与诗志论旁出有异，但首论的却是诗；刘勰《文心雕龙》的辨体部分，诗紧列骚之后。

至于鉴别品类的作业，在赋诗言志中就已经展开了，虽然它同日后的文论还是有所不同，但确实

1　钱锺书《中国文学小史序论》，见《钱锺书散文》第478页，浙江文艺出版社，1997年版。

定下了基本的旋律。我们知道，将前人之诗断章取义，表达此时此刻的心志，必须要通过选择而作出，而选择的标准无疑受教养、趣味所支配。教养、趣味的相对一致性，推动了选择的相对接近。这样，反复选择形成的结果就累积为值得提倡的品类。这意味着那些出于教养、趣味的原因而少受选择的品类就累积为不值得提倡的品类。于是品类的差异就出现了。虽然同为诗，但诗也分品类。虽然还谈不上是文论意义的“细别品类”，但却可以目之为“细别品类”的前身。春秋33回赋诗，共涉古诗76首，出于小雅最多，35首；大雅9首；包括召南在内的风诗26首；其余出于颂或今已失传之诗。小雅、大雅合起来占了所选择的大部分。由此或可推测：一条在诗文本中分别品类的界线隐约已经出现：大小雅更受喜好赋诗的公卿士大夫青睐，它代表了西周文化在贵族中的正统品位；而除周南、召南以外的风诗代表了各诸侯国贵族的地方品味。虽然春秋时期东周已然式微，政治势力衰弱不堪，但文化却依然强势。小雅、大雅的诗，多形成于强盛的西周时期，它代表的审美趣味依然在其衰弱之后为各诸侯国贵族所趋鹜。笔者的推测，并非完全臆想。《左传》所记载的赋诗言志场合，还可以找到蛛丝马迹的证明。昭公十六年，晋国公卿韩宣子离开郑国之前，郑国六位公卿为宣子饯行。席间，宣子提议六卿各人赋诗，以便宣子“知郑志”子齹赋《野有蔓草》，子产赋《羔裘》，子大叔赋《褰裳》，子游赋《风雨》，子旗赋《有女同车》，子柳赋《萚兮》。赋过之后，韩宣子评论道：“赋不出郑志，皆昵燕好也。二三君子，数世之主也，可以无惧矣。”这六首诗今本皆存，同在郑风。韩宣子所谓“知郑志”，恐怕有两个意思，一是想了解郑国的风诗，二是想知道六卿各人此时的心志。宣子所谓“赋不出郑志，皆昵燕好也”，一面是肯定六卿心齐，没有异志，所以能为“数世之主”；另一面也未尝不是微含憾意。“不出郑志”，未尝不是缺乏远大志向的意思。所以，韩宣子观志之后的回赋是周颂的《我将》。杨伯峻引杜《注》：“取其‘日靖四方，我其夙夜，畏天之威’，言志在靖乱畏惧天威。”[1]的确，“昵燕”之好与“日靖四方”，其美学趣味是不

1 见杨伯峻《春秋左传注》第四册第1381页，中华书局，1990年版。

在一个层次上的，韩宣子的志比郑六卿的志远大豪迈多了。

各诸侯国风诗所呈现的地方品位，春秋时期风评就已经不一，得到的褒评不及雅颂。襄公二十九年，吴国公子季札来到鲁国礼聘，顺便一窥中原文教声乐之盛，“请观于周乐”。于是鲁国使乐工为之遍奏诗乐[1]：周南、召南、邶、鄘、卫、王、郑、齐、豳、秦、魏、唐、陈、郐、小雅、大雅、颂。每歌之后，季札都有评论，这位公子最为赞美的是与周人关系最密切的诗乐，如周南、召南、豳、雅、颂，而独至于对郑、陈诗乐评价不佳。如歌郑之后曰：“美哉！其细已甚，民弗堪也，是其先亡乎！”歌陈之后曰：“国无主，其能久乎？”[2]当时并不如后世一样有诗文评家，赋诗言志的重点也并非落在诗文本之上。但是由于赋诗本身必然包含类似鉴别品类的选择过程，在这种用诗的风气之下形成一个实际存在的品类的分别，这实在是很自然的。可以推想，赋

---

1 杨伯峻谓：“此弦歌也，即以各国之乐曲伴奏唱歌。”见《春秋左传注》第三册第1161页，中华书局，1990年版。

2 见杨伯峻《春秋左传注》第三册第1162、1163页，中华书局，1990年版。

诗风气盛行的年代，最能体现周人历史和礼乐精神的诗篇处于一个较高的审美等级，而各诸侯国的风诗则处于一个较低的审美等级。所以，后世有“雅颂正声”或“大雅正声”的说法，“雅”不仅是“三百篇”中诗类别的名称，而且还表示最高的诗的审美典范。在这个意义上，雅诗要在风诗的品类之上，这是赋诗言志年代的事实。我们甚至在赋诗风气已经消逝的年代才出现的《毛诗序》中，看见它遗留的痕迹。《毛诗序》这样讲“风”与“雅”的区别：“是以一国之事，系一人之本，谓之风；言天下之事，形四方之风，谓之雅。雅者，正也，言王政之所由废兴也。”[1]“天下”当然高于“一国”，“四方”当然高于“一人”。这种诗表现出来的审美趣味的差异，正是雅诗与风诗的不同。说到品位，“雅”要排在“风”之前。正是在这种意义上，雅通于正，雅就是正。然而，中古以后，风雅并称，意指居于中国诗歌主流的美学趣味。笔者觉得，这是由于时间久了，贵族社会的身影越来越模糊，“三百篇”既然

1 见郭绍虞主编《中国历代文论选》一卷本第30页，上海古籍出版社，1979年版。

为诗的典范，风与雅美学趣味的界线在后世文论家的眼里逐渐模糊，竟然并称而成为一体。

三

钱锺书《中国诗与中国画》说："在中国文艺批评的传统里，相当于南宗画的诗不是诗中高品或正宗，而相当于神韵派诗风的画却是画中的高品或正宗。"传统批评"论诗时却重视所谓'实'以及相联系的风格。因此，旧诗的'正宗''正统'以杜甫为代表"。[1]钱锺书通过精密分疏和论证，将传统诗评和画评各自标准的截然分歧呈现出来。但是，他对于标准分歧的事实没有在文中给予解释，又说："我们首先得承认这个事实，然后寻找解释、鞭辟入里的解释，而不是举行授予空洞头衔的仪式。"[2]其实，遑论解释诗评标准和画评标准的分歧，光是解释传统诗评为什么如钱锺书所说的重视"实"以及相联系的风格，也十分不容易。笔者从诗志论获得一点

1 见钱锺书《七缀集》第22、27页，上海古籍出版社，1985年版。
2 见钱锺书《七缀集》第27页，上海古籍出版社，1985年版。

启示，以为它能够为更好解释传统诗论为什么执行这样的美学标准提供线索，故而不揣冒昧，在此陈述一二，期望起到抛砖引玉的作用。

杜甫的诗代表中国诗的正统，他被历代诗论家冠为“诗圣”。虽然也有诗论家将李杜并称，或者为了作对成双，给李白戴上“诗仙”的冠冕。这样一“仙”一“圣”，并驾齐驱而无分彼此。但是在固有的批评传统里面，讲到诗坛的第一把交椅，讲到诗学的极峰，“仙”终要让位给“圣”，就像龙虎山玉皇殿终归要让曲阜大成殿一筹。苏轼《书吴道子画后》:“诗至于杜子美，文至于韩退之，书至于颜鲁公，画至于吴道子，而古今之变、天下之能事毕矣。”[1]苏轼的话可以代表传统批评的主流意见。然这样一来，论起李诗就非常有意思了。唐代是中国历史各朝代中国家实力和文化均最为强盛的朝代，尤可看作是朝代政治2 000余年里登峰造极之世。撇开物质、制度形态不说，单论唐代文化，如果皆视李杜诗为盛唐之音，则盛唐之音的风貌就十分不一样了。因为李杜诗是如此

1　见屠友祥《东坡题跋校注》第253页，上海远东出版社，2011年版。

之不同，其中美感经验和格调的差异不容忽视，以致我们都将之归属盛唐之音，那就似乎存在两种盛唐之音。如果诉诸直观的美感经验，李白诗怎么看都比杜甫诗更接近和更属于盛唐之音。这种看法如能成立，杜甫就要退居代表盛唐之音的二线了。李泽厚说："盛唐之音本是一个相当含糊的概念。拿诗来说，李白与杜甫都称盛唐，但两种美完全不同。"[1]如果要问李杜诗谁更属于盛唐，李泽厚的见解是："依我看来，真正的盛唐之音只是前者，而非后者。"[2]笔者深以李泽厚的见解为然，李白诗才是真正的盛唐之音。这种看法并没有减弱杜诗的美学光芒，它只是使得杜甫何以称传统中国诗的"诗圣"这一问题变得更有意思，更具挑战性。依笔者的看法，这个问题的解答要远溯赋诗言志的时代。

春秋时期赋诗言志，将"赋诗"与"言志"两事牢固地连接在一起，诗和志是相互贯通的，诗、志这两个概念甚至可以相互替代。诗就是志，志发而为言

1 见李泽厚《美的历程》第245页，广西师范大学出版社，2000年版。
2 见李泽厚《美的历程》第255页，广西师范大学出版社，2000年版。

也就是诗。在“观志”的传统下，赋者的心志不可避免地成为观者的评价对象，也就是说，个人的心志是不同的，而心志是分等级或分境界的。虽然无论赋者还是观者，他们的注意力都集中在表达心志或观察心志，而并不是将注意力放在诗句上面，但是赋诗和观志的风气养成了审美的惯性：将诗与志密切联系起来。当礼崩乐坏，赋诗不再而解诗兴起的时候，先前时代育成的审美惯性就将诗人之志与解诗者的评价联系在一起了，诗人的心志内在地成为解诗者评价诗作的最高标准。作为解诗者的理解和评价诗作的标准，“志”与外在的政治伦理道德诉求有关联，却又不是观念形态的政治伦理道德，不是说教，而是内在化为与诗作所写的内容要素相关的审美意味。对这种审美意味的肯定和提倡，笔者以为这是从战国时期儒家解诗学到其后形成的传统诗学批评精髓的根本所在。这批评传统，其道一以贯之，2 000年来虽然也有论诗者稍稍偏离，如西晋陆机倾向“缘情”[1]，清王世贞倡

1 陆机的“缘情”亦有谓即是“言志”，笔者取朱自清的见解，以为“缘情”是“言志”诗评传统的旁出异枝。朱自清说：“‘言志’跟‘缘情’到底两样，是不能混为一谈的。”见朱自清《诗言志辨》第23页，湖南人民出版社，2010年版。

“神韵说”等，但是这些稍稍偏离的声音，仅仅是漫长诗批评史上的插曲和旁流，其主旋律还是那个以心志为内核的诗评标准。

理解了这一点对最能表现盛唐之音的李白何以不能代表传统诗评标准的“正宗”和“正统”，反而不算真正盛唐之音的杜甫却当之无愧为中国诗的“诗圣”，就会觉得释然。杜诗所表现的心志忧怀深广而沉雄悲壮，阔大磅礴的气势与顿挫严整的形式规范天衣无缝地融汇一体；杜诗之志，上薄于云天，下植于大地，中奋雄于人间，历千年而不朽，与华夏之天地而共存。从诗艺的角度看，杜诗固然是个人天才的产物，但如果历代都出现如杜甫那样的天才诗人，写出如杜诗那样的美，我们不会感到奇怪。因为孕育这种美的土壤一直存在，不曾改变。但是放在李白身上，就很难怀有这样的期待。李白诗所表现的是豪情万丈的心志，睥睨王侯、笑傲权贵、粪土金钱而恣意反抗的冲天抱负。就心志博大、抱负超迈这一点而言，似乎此前历史所有的积累就是为了在那一刻绽放光华，李白诗就是绽放光华高潮时刻最夺目的明珠。李白仿佛是为了盛唐而生的诗人，他属于盛唐但显然不属于漫长而多难的朝代。没有他，盛唐在我们这些晚生后辈的眼里，留不下那么激情青春的印象。盛唐走进了历史，但李白诗却使得盛唐不朽，李白的艺术天才把盛唐之美熔铸在他不朽的诗句里了。说李白是“诗仙”，其实有点儿形容过当。李诗有仙气，但并非不食人间烟火，只是他食的人间烟火不产于历朝历代，而只产生于精华汇聚的一刻：一个昂扬奋发、目空一切的时代。由这个简单的比较可以看到，李白与杜甫都创造了精妙绝伦的诗美，他们是旷世难出的天才诗人，正如韩愈的诗句：“李杜文章在，光焰万丈长。”（《调张籍》）但是，站在批评的立场，取一个可以垂范作则的诗人还是取一个横空出世而举世无双的诗人呢？批评的标准就十分重要了。传统的批评标准将心志的社会内容、伦理深度放在了首位，如苏轼所云：“古今诗人众矣，而子美独为首者，岂非以其流落饥寒，终身不用，而一饭未尝忘君也欤？”[1]在这种眼光之下，中国诗的“正宗”和“正统”不得不以杜甫诗来代表，杜甫也顺理成章成为了中国诗的

1　见丁福宝编《历代诗话续编》上册第195页，中华书局，1983年版。

“诗圣”。

论诗而取重于心志，在历代诗评里，时而称雅，时而称风，又时而风雅、风骨并称，其实意思都差不多，都是强调诗的兴会寄托要灌注着济世忧民、感时伤世的怀抱；诗人个人生命的感慨幽怨要通于更广大的世道人心和伦理关怀。曹丕《典论·论文》说:“文章乃经国之大业，不朽之盛事。”他从“经国”的角度认识文，虽然说得赤裸裸，不是谈艺者的立场，但未始不与诗志论的批评标准有所重合交会。刘勰不满齐梁时期文藻日竟雕华，故重提风雅的诗评标准。他在《辨骚》中这样肯定屈骚:“其陈尧舜之耿介，称汤武之祗敬，典诰之体也；讥桀纣之猖披，伤羿浇之颠陨，规讽之旨也；虬龙以喻君子，云蜺以譬谗邪，比兴之义也；每一顾而掩涕，叹君门之九重，忠怨之辞也。观兹四事，同于风雅者也。”[1]这里说的“风雅”，固然是指“三百篇”的风诗与雅诗，但亦是指由于战国秦汉儒家解诗者以诗志互通说诗，以致风诗与雅诗积淀凝结为后世的

1　见范文澜《文心雕龙注》上册第46页，人民文学出版社，1958年版。

诗评标准。骚赋为新兴文体，骚赋而“同于风雅”，显然不是其体裁文体同于风诗雅诗，而是骚赋体现的美学精神和诗学之美，同于风诗雅诗的美学精神和诗学之美，故曰“同于风雅”。李白《古风》:“正声何微茫，哀怨起骚人。”他称骚人之声为“正声”，又说“大雅久不作”，其论诗之旨与诗评的标准，与刘勰完全一致。中唐贞元、元和诗坛逐渐出现或者李杜并论或者互有抑扬之论。元稹《唐故工部员外郎杜君墓系铭》扬杜轻李，他赞赏杜诗的理由，就是那个风骚的诗评标准 :“至于子美，盖所谓上薄风骚，下该沈宋，言夺苏李，气吞曹刘……尽得古今之体势。”[1]白居易《与元九书》扬杜抑李，立论偏颇，口气托大，但他衡量李白的也是那个风雅的标准：李白“才矣奇矣，人不逮矣，索其风雅比兴，十无一焉”。[2]认为李白的诗几乎没有风雅精神，这不符合事实，但是李杜两相比较，杜甫在这方面更加符合固有批评传统的要求。

1 见元稹《唐故工部员外郎杜君墓系铭序》。

2 白居易《与元九书》，见郭绍虞主编《中国历代文论选》第二册第97页，上海古籍出版社，2010年版。

四

一个诗评传统的批评风格是和这个诗评传统如何感知和认识它的批评对象密切相关的。以西方文论来说，它的批评风格早在亚里士多德时代就显露出分析缜密的技术化取向，作品和文本始终是论诗者关注的重心；作者或者不论，或者附带一过，总之作者问题在诗论中没有重要性。这种批评风格与古希腊诗论认为诗是一种制作的观念密不可分。[1]诗既然是制作，批评当然就是只关注制作品的诗艺。在这种认知的基础上，复杂的批评概念和技术才能发展出来。拿这观点看中国传统诗评，它最像讲诗艺的地方比起西方诗评来由于不够“专业”而略逊一筹。在中国的传统诗评中，纯粹的诗艺分析，并不是重心。诗评的伦理关怀始终是潜移默化贯串于谈诗论艺之中的，诗评的伦理关怀如影随形，须臾不离。既然是伦理关怀，人的重

1　参见宇文所安《中国文论：英译与评论》第26页，上海社会科学院出版社，2003年版。

要性当然随之凸显：文本从属于人。也有内心的离经叛道者，以为论诗而取伦理关怀不足为法——钱锺书就举出王士祯——但王也只敢旁敲侧击，不敢公然作对。[1]也有古板僵化的卫道者，将诗评的伦理关怀视为唯一，诗艺只是帮衬，就像小儿吃苦药时大人手里拿的那颗糖丸。但这种僵化的偏离也成不了诗评的正流。中国传统诗评的这种批评风格同样与以诗志论为代表的对诗的感知和认知密切相关。正是因为诗志论的存在和持久的积淀，才演变出不是以文本为中心而是以文本指涉的人和世界为中心的批评风格。这种风格的批评有一个更贴切的概括，这就是为人熟知的知人论世式的批评。

赋诗言志是春秋的用诗风气，诗作在礼乐仪式中获得持续的运用。将诗句看作能够透析心志的言辞，意味着诗句的言辞它只是透析、观察心志的出发点而不是中心点，言辞所要到达的目的地毫无疑问是内在于人心的志，而心志在用诗实践中的重要

1 见钱锺书《七缀集》第23、24页，上海古籍出版社，1985年版。

性和中心地位会反过来影响甚至决定人们对诗的感知。换言之，赋诗言志，不能仅仅将“诗”看作一个主词，“志”是一个宾词，通过动词“言”去表达、决定、支配宾词。赋诗言志并不是纯粹个人的理性认识，而是集体性的礼乐仪式实践。在这个用诗的仪式实践的场域中，“志”亦反身为主词，通过“言”渗透着对诗的感知和理解。由于赋诗言志的风气，诗不可能被感知为纯粹的人工制作——尽管它也是人制作的。于是，诗只能被感知为显露、挥发、表而出之人皆可识的心志。正是由于心志对感知诗的累积作用，诗这个词显露在文脉中也有多重含义。

《管锥篇》讨论《毛诗正义》时，钱锺书将这个诗评的事实，梳理得十分清楚：“诗之一名三训。”钱锺书引郑玄《诗谱序》“诗有三训：承也，志也，持也。作者承君政之善恶，述己志而作诗，所以持人之行，使不失坠，故一名而三训也”。他以为郑玄对“志”和“持”的解释都“未尽底蕴”。对于“志”，应该补上“任心而行，唯意所适，即‘发乎情’之‘发’”的意思；而对于“持”，应该补上“自持情性，使喜怒哀乐，合度中节，异乎探喉肆口，直吐快心”的意思。[1]先儒这样解“诗”，并非牵强附会；钱先生这样补充，亦非多余。这个事实在古代世界是常识，现今或忘之久矣。“诗”所以这样形成一名三训的现象，其缘故就在于诗志互通的文化环境下志影响了对诗的感知和认识，志向诗渗透、积淀，最终形成了中国诗评对诗的独特解会。由于这种对诗的理解，古代诗评的方式不向着文本中心的方向演变，而形成以人和世界为中心的知人论世式的批评，也就顺理成章了。

孟子在回答咸丘蒙说诗时提出“以意逆志”的解诗原则。咸丘蒙用《小雅·北山》“普天之下，莫非王土，率土之滨，莫非王臣”来证明舜其实是将他的父瞽瞍当成臣来对待的。因为当时传说诗的作者是舜，而舜又是大孝子。孝子而臣父，又将如何解释？所以咸丘蒙问孟子：“舜既为天子矣，敢问瞽瞍之非臣如何？”孟子非常机智，他在不否认诗作者是舜的前提下，将诗句解作孝子不得养父母的感叹。也就是说，相同的诗句，孟子与咸丘蒙却读出了完全相反的意思。孟子解

1　见钱锺书《管锥篇》第一册第57页，中华书局，1979年版。

诗有一个前提，他也没有明白说出。这就是一个人可以既是天子，又是孝子。这两重角色只是重合，并非混同于一。咸丘蒙解诗的时候，并没有领悟到人的角色的多重性，于是产生了怀疑。孟子否定了咸丘蒙的解释，他认为舜作此诗时，不是以天子的身份而是以孝子的角色，抒发心中的情志。所以诗句的文意，就当解作“劳于王事，而不得养父母也。曰此莫非王事，我独贤劳也”。孝子虽为天子，治理天下，但在孝子眼里，治理天下之事，当然视之为“王事”，甚至自己亦都是“王臣”，而何况父母；而“王事”与自己尽孝之志有冲突，是很自然的。有了这点对人的了解，诗句所表达出来的，就不是非孝，而是叹息辛劳。以今人的眼光，《北山》为舜所作的可能性极低，甚至连《小序》都已抛弃这看法了，但《小序》解诗意却与孟子基本一致。[1]批驳过咸丘蒙之后，孟子说：“故说诗者，不以文害辞，不以辞

1 《小序》云：“大夫刺幽王也。役使不均，已劳于王事，而不得养其父母焉。”见《十三经注疏》上册第463页，中华书局，1979年影印本。

害志，以意逆志，是为得之。”[1]孟子这话有两方面的意指。第一，文辞是通达心志的，解诗不能望文生义，以文辞表面所说为达诂。如果望文生义去解诗，最终损害的是作者要表达的心志。咸丘蒙的解诗，可谓望文生义。他将孝子的心声读成了非孝的表达。总之解诗既要遵从文辞，但也要有不死在文辞之下的通达。第二，解诗者之“意”也是解诗的重要因素，解诗者以其洞明世事的眼光去“逆”作诗者的“志”，这样才能求得确解。孟子“以意逆志”的原则，笔者以为并非指“文意”，而是指解诗者的涵养、识见等非文本要素。[2]在孟子看来，解诗的目的是通过文辞来洞见心志，而有助于通解文辞的非文本因素，亦十分重要。咸丘蒙之所以生搬硬套，根本原因是他不了解人的角色的多重性，也可以说误解的根本原因是他不能“知人”。这与孟子稍后说的“颂其诗，读其

1　以上所引，均见焦循《孟子正义》下册第367、368页，中华书局，1987年版。

2　笔者赞同朱自清的看法：“‘以意逆志’是以己意己志推作诗者之志”。见朱自清《诗言志辨》第19页，湖南人民出版社，2010年版。

书，不知其人可乎，是以论其世也”[1]的意思一脉相承。咸丘蒙不能知人，于是也不能知诗。

赋诗言志的风气式微之后，文本的要素就凸显出来了。因为除了文本，后人也无由通达已经作古的古人，无由通达已经消逝的古代。但是解诗活动依然没有走上以文本为重心的道路，而是发展出知人论世的批评方式。其中的缘故如上文所说，是由于在用诗的起点上，整个用诗的文化氛围就将诗与志浑然成一体。这个积淀深厚的对诗的感知传统，或许无助于推动对文本的精细分析，但它却是把文本放在一个更大的社会文化环境中考察，有助于推动批评走出文本，进入人心、社会文化。正如我们知道的那样，文学文本其实存在两种性质不同的上下文或者说文脉。一种是文本内部的文脉，这就是孟子说的不以文辞害志的文脉；还有就是文辞指涉的外部更广大世界的文脉，包括孟子说的“知人”和“论世”。如此看来，西方的批评传统更关注文本内部的文脉，而中国的批评传统更关注文本指涉的外部文脉。在对文本复杂性的认识和发展出精密

1　见焦循《孟子正义》下册第726页，中华书局，1987年版。

的文本分析技巧方面，西方的批评传统要远远走在中国的批评传统的前面；反过来，通过文本透析人心、洞察社会方面，中国的批评传统要走在西方的前面。例如《文心雕龙·时序》:“观其时文，雅好慷慨，良由世积乱离，风衰俗怨，并志深而笔长，故梗概而多气也。”[1]刘勰由建安时期文的“慷慨”而识“世积乱离，风衰俗怨”，由诗人的“志深”而识其“多气”。与刘勰几乎同时代的钟嵘在《诗品·序》中说:“嘉会寄诗以亲，离群托诗以怨。至于楚臣去境，汉妾辞宫。或骨横朔野，魂逐飞蓬。或负戈外戍，杀气雄边。塞客衣单，孀闺泪尽。或士有解佩出朝，一去忘返。女有杨娥入宠，再盼倾国。凡斯种种，感荡心灵，非陈诗何以展其义？非长歌何以骋其情？”[2]钟嵘此处所论，又比刘勰之论建安风骨要宏大，但思路却是相同的：把诗和诗人放在更广大的社会文化环境中去认识、去说明。这种蔚为广大的批评传统，却发源于诗志论。

---

1 见范文澜《文心雕龙注》下册第673、674页，人民文学出版社，1958年版。

2 见郭绍虞主编《中国历代文论选》第一册第309页，上海古籍出版社，2011年版。

五

按照朱自清《诗言志辨》的理解，诗言志的传统在历史上曾经三次引申和扩展，但始终屹立。第一次当在魏晋之世，以诗人阮籍为代表。他的《咏怀诗》每将“一己的穷通出处”而发“忧生之嗟”。一己的穷通出处，借着言志这个大名堂，得以附而属之。第二次当在唐之世，白居易将志在“兼济”的讽喻诗并入言志的栏目之下，朱自清谓之“表见德性的”言志。第三次是清代，“文坛革命家”袁枚将“劳人思妇”之诗都归入言志。这样，“言志”就差不多与“缘情”“并为一谈”了。[1]我们基本上可以肯定，到战国儒家解诗的年代，诗言志作为最高的诗学准则已经确定下来，然而什么是言志，什么不属于言志，边界一直是模糊的。因为诗言志出现的时候，就是一种用诗风气，贵族社交圈子的通行准则，它并不是个人揭櫫的理解，因而不需要斤斤

1　见朱自清《诗言志辨》第23—37页，湖南人民出版社，2010年版。

计较言志和不属于言志的区别。言志的空间不但广大，而且具备不断扩容的空间。就“三百篇”而言，雅颂是言志，郑卫也是言志。就算到了《毛诗序》的年代，儒家说诗者创出“变风”“变雅”之说。然而“变风”是言志，“变雅”也是言志。战国儒家认为“三百篇”都是“诗亡（无）隐志”，而里面“劳人思妇”之诗可以数出许多。“三百篇”的年代，虽然说不上“穷通出处”，但却未尝没有“一己”之志的抒发。所以，就算追溯到赋诗言志的时期，所言之志本身也是富有弹性的，它并不僵硬固定而有足够的空间来容纳心志的表达。随着社会文化环境的变迁，诗评具体强调哪些方面，当然会发生变化。诗志论本身也会扩容，正如朱自清说的，诗言志曾经被“引申”和“扩展”，例如士人的“穷通出处”的感慨抒发成为诗人言志的一个重要表征。

诗志论在传统的诗论脉络中相当于人所共知的“通识”，更兼它本身对“志”界定的模糊性和阔大的解释空间，后来的说诗者即便有相左的意见，亦无从站在它的对立面公开叫板。所提出的见解通常被当作新出的意见而附于诗志论的骥尾，看作是对当初诗志论的补充、扩容，也就是朱自清说的“引申”和“扩展”，但不是反叛和取代。这是中国传统说诗演变格局的重要特征，颇像冯友兰论中国思想史提出的“子学时代”与“经学时代”的划分一样。[1]子学时代结束之后，经学时代的一切论述可以看作对子学命题的注释、疏解、补充；依经注释而疏不破注。诗言志是诗志论开创时代的命题，它也就是说诗者的“经”了，而后来的论说虽然不同，但基本划定了解释诗的范围，将解释的空间框在“言志”之内。后来的诗评虽有扩展、补充，就像经的注疏那样，无论怎样不同，都并非站在它的对立面，如同陆机提出“诗缘情而绮靡”，无疑是偏向于修辞、韵律、节奏等美感因素而通于作诗者的性情抒发，但这何尝就不能框于言志之下呢？《毛诗序》早就说过“吟咏性情”的话。性情与志本来就是一体两面，而陆机创出“缘情”说，对言志传统在新环境之下应当说是一个很恰当的补充、扩展和引申，就算陆机本人亦无倡言新说、反对传统的本意。若将它们看成两说并立，恐怕有违批评史的

1　见冯友兰《中国哲学史》，中华书局，2014年版。

事实。[1]又如齐梁时代“彩丽竞繁”，偏离了言志传

1 这个问题学界或有不同看法，迄今无定论。朱自清《诗言志辨》，既将“诗缘情”看作“诗言志”的引申、扩充，又认为“‘言志’跟‘缘情’到底两样，是不能混为一谈的”。(《诗言志辨》第23页，湖南人民出版社，2010年版）陈伯海《释“诗言志”》一文，赞赏朱先生“眼光毕竟犀利”，“只有拿‘志’与泛漫的‘情’区划开来，才能确定地把握中国诗学的主导精神”。(《文学遗产》2005年第3期）“言志”和“缘情”在理解上似乎分属不同的传统，尽管“缘情”是后起的。之所以造成理解的差异，笔者以为当缘自现代的文学观念的变化，认为文学表达情感，而“缘情”中有个情字，更符合今天语义文脉，故判“缘情”是另一说而别立一宗。其实，“志”与“情”在古代分属不同的语义脉络。志者，“心中所止”，“在心为志”。凡为心中所有而又止息于心，未发出来而表露于外者，皆可以称为志。上博楚简《性情》云：“凡心有志，亡举不可。”郭店楚简《性自命出》同章作：“凡心有志也，亡与不可。”（见李零《上博楚简三篇校读记》第54、102页，中国人民大学出版社，2007年版）志止于心，故需要“举”和“与”才能将之激发出来，后天的“举”和“与”，儒家认为是通过学，“人而学或使之也”。（注同上）通过言辞发抒出来的，就是言，自然也包括诗。志与诗，一内一外。而情，则是儒家性情论的语义脉络的概念。郭店楚简《性自命出》以性为中心，向上而究于命、天，向下而究于情、道、物、义、势、悦等多个范畴。其中有云：“性自命出，命自天降。道始于情，情生于性。”又说，“凡性为主，物取之也。金石之有声，弗扣不鸣。人之虽有性心，弗取不出”。（第102页，版本同见上）其中论性与情的关系，与《礼记·乐记》讲的“人生而静，天之性也。感于物而动，性之欲也”如出一辙。《乐记》用“欲”字，《性自命出》用“情”字，语义完全相同。在静隐于内而不发的意义上，性与志的（转下页）

统的正轨，亦为刘勰所批评，固然是“文章道弊”。然而这偏离在说诗的“正宗”格局下，又不是公然的对立，而仅仅是一个偏离主调的“插曲”。“插曲”亦属于曲子本身的一部分，变调过后又复归正调。到了盛唐杜甫手里，齐梁雕琢辞彩、音律又都成为“转益多师”的对象。这种类似于思想史上“经学传统”的说诗格局，与欧洲辩驳、对峙，每倡新说而否定、取代前说的格局十分不同。欧洲的论诗者皆持“深刻的片面”的立场，如柏拉图历数诗的不是，结论是理想之国必须将诗人驱逐出去。柏拉图对诗的指控先遭16世纪文艺复兴时期英国诗人锡德尼《诗辨》的反驳，后遭雪莱《为诗一辨》的反驳。指控和辩驳构成了欧洲论诗传统的演变主线。近世西

（接上页）居处状态相同。志发而为诗，而性感于物发为喜怒哀乐之情，在自心之所出而发扬于外的意义上，诗与情当然是相通的。因此，由诗审志，由志见情，也是没有任何疑义的。战国秦汉之际，儒门解诗不及于“缘情”，实在不是因为存在志与情的对立，忽视了情，而是因为戴伟华所说的原因：儒门解诗只是“阅读理论”，儒门解诗作的功夫是由诗返志，故只需论志。也就是笔者说的“解诗辨志”。待到日后诗坛复杂了，文体日繁，写作的问题出来了，于是才有陆机提倡的“诗缘情”。“缘情”是“创作理论”。（见戴伟华《论五言诗的起源》，《中国社会科学》，2005年第6期）

学东渐，亦有论家将西方的理解方式运用在观察中国说诗传统的演变上。周作人将“载道”与“言志”析为两端，亦有将“言志”与“缘情”看成互不相容。这些看法都是有乖传统诗论的实情。

综合言之，诗志论在诗评的历史脉络中既存在补充、扩容、引申的一面，也存在以“志”的高下大小为标准分别品类的一面。这两个贯串的脉络既相互关联又相互区别。对于具体的诗家欣赏品评，这后一方面似乎更加重要。因为对诗来说，此亦言志，彼亦言志，然而此志不同彼志。诗的高下优劣就可由志的高下优劣来决定。比如同是抒发“穷通出处”的感慨，陈子昂《登幽州台歌》“念天地之悠悠，独沧然而涕下”，其志超迈博大，要远胜过李白《宣州谢朓楼饯别校书叔云》“人生在世不称意，明朝散发弄扁舟”。同是关怀时艰，忧民济世，杜甫《自京赴奉先咏怀五百字》“朱门酒肉臭，路有冻死骨”，其志深沉悲苦，直入骨髓，又胜过白居易《杜陵叟》“十家租税九家毕，虚受吾君蠲免恩”。关于这一点上文已有阐述，此处不赘言。

笔者不用“影响”而用“回响”一词描述诗志论和后世诗论的相互作用，因为“影响”意味着不同事物之间的相互关系，而“回响”则不是这种性质的关系；“影响”发生于不同事物之间，而“回响”产生于同质的事物之间。因为它们是同质的而又处于先后不同的历史时期，前者发出声音而后来者呼应，前后相继而形成传统。当然，后来者的呼应不是墨守前规，毫无因应。后来者的呼应亦是根于所处的社会环境作出的，它一面通于古人，另一面应于今时今世。源泉处的细流，始则涓涓，继则潺潺，而终于浩浩。这就是古人说的有容乃大。正是由于历代论诗者对诗志论的回响，造就了传统的诗论，用诗志论传统来描述它，应当说是符合中国诗评史事实的。

后　记

这是四篇论文合在一起的小书，因讨论主题相同，都是关于中国早期诗论及其起源问题的，故曰《诗志四论》。前三篇约是十年前的旧文，后一篇亦写成于三年前，当初分别发表于专业期刊。《论赋诗》刊于《清华大学学报》2008年第5期，《论引诗》刊于《文学理论研究》2007年第4期，《论解诗》刊于《文学评论》2009年第4期，《诗志论及其回响》刊于《复旦大学学报》2016年第3期。整个写作前后有十年之久，今有集成出版的机会，顺便一起修订，改正了当初的误植、疏漏之处，补全了当初发表时应要求删去的部分，增写了一些当初思虑未周全的文字。

与初刊时面貌差别最大的是《论解诗》。当时因为篇幅问题，编辑要求删节，无奈将讨论“四始”重点是《关雎》义解的第四节全文略去。今次补全，得以初见天日。又再补写了第七节，以古希腊诗论的起源方式为背景，探究中国早期诗论的不同起源方式对形成特定诗论命题的影响。当初命笔之际，未有考虑成书，因各论独立成篇，文意要起承启下。今集合一起，就会觉得有重复的字句、重引的累赘。笔者碌碌意倦，未能删削尽净，还望读者原谅。

小书得以出版，最要感谢我的年轻同事胡传吉副教授。整个事情都是她从中穿梭联络，没有她的热心，这些文字的命运一定是束之高阁，见天无日。黄志立博士在日常琐事方面助我之力甚多，减少我查找资料的奔忙，并时常鼓励，在此一并致谢。

当然还要感谢我的妻子邱晖莹，她对我的助益是难以在此尽述的。借此小书出版之际，表达我的谢忱。

2019 年 9 月